KB123618

로크미디어가
유혹하는
재미있는 세상

ROK
MEDIA
로크미디어

바인더북

바인더북 33

2019년 9월 30일 초판 1쇄 인쇄
2019년 10월 4일 초판 1쇄 발행

지은이 산초
발행인 이종주

총괄 김정수
경영지원 배진경 임혜솔 송지유

기획 이기헌 왕소현 박경무 이승제
책임 편집 이정규

발행처 (주)로크미디어
출판등록 2003년 3월 24일
주소 서울시 마포구 성암로 330 DMC첨단산업센터 3층 318, 319호
Tel (02)3273-5135 **편집** 070-7863-8597 **Fax** (02)3273-5134
홈페이지 rokmedia.com **E-mail** rokmedia@empas.com

© 산초, 2013

값 8,000원

ISBN 979-11-354-4629-0 (33권)
ISBN 978-89-257-3232-9 04810 (세트)

BIIIDER BOOK
바인더북

33

| 산초 퓨전 장편소설 |

c o n t e n t s

BiﬂDER
BOOK

지옥의 유령 Ⅱ

아직 여명도 찾아오지 않은 새벽 04시경.

이제는 은퇴해서 야스쿠니신사 인근에서 조용히 노후를 보내고 있는 나라하시는 오늘도 여느 날과 같이 아내인 아사코와 조깅을 하기 위해 집을 나섰다.

조깅 코스는 늘 그렇듯 야스쿠니신사의 배전에 도착해 참배를 하고 집으로 돌아오는, 아침 운동으로 길지도 짧지도 않은 거리였다.

탁탁탁탁…….

적지 않은 세월을 조깅으로 단련해 왔는지 두 부부가 내딛는 발걸음이 가볍고 익숙해 보였다.

그렇게 뛰기를 20여 분이나 지났을까?

나이 70세를 코앞에 둔 노인의 뜀박질치고는 의외로 경쾌해서 두 부부는 얼마 지나지 않아서 제1도리이 앞의 오르막을 거뜬하게 올라서고 있었다.

　뜀박질을 멈춘 두 부부는 도리이 앞에서 약속이나 한 듯 묵념에 들어갔다.

　일본 어느 신사를 가든 도리이 앞을 지날 때, 묵념을 하는 것은 일본인들에게 습관처럼 몸에 밴 행동이었다.

　잠시간의 묵념을 끝낸 부부는 가로수 사이로 곧게 뻗은 도로를 따라 중앙이 아닌 가장자리로 뜀박질을 계속했다.

　하지만 곧바로 느낀 것은 주변이 전에 없이 어둡다는 점이었다.

　아사코가 먼저 입을 열었다.

　"여보, 가로등에 불이 없어요."

　"아, 어쩐지 어둡다 했소. 잠시 전기가 나갔나 보오."

　"그러게요."

　단 한 번도 이런 일이 없었기에 두 부부의 뜀박질이 본능적으로 조금 느려졌다.

　"불편하면 돌아갑시다."

　"아니에요. 기도를 빠뜨릴 순 없죠."

　"그럼 그대로 갑시다. 대신 발밑을 조심하오."

　"늘 다니던 길인걸요."

　잠시 후, 두 부부의 앞에 일본 육군 건설의 시조라 불리는 오무라 마스지로의 동상이 나타났다.

여기서부터 배전까지의 뜀박질은 곤란했기에 발을 맞추어 뛰던 두 부부의 뜀박질은 조금 빠른 걸음으로 바뀌었다.

"아사코, 심호흡해요."

"네."

두 팔을 쫙 벌린 두 부부는 신선한 공기를 한껏 폐로 들이켜는 동작을 계속했다.

"계속 갑시다."

"네."

두 부부는 제2도리이를 향해 상쾌한 기분으로 발걸음을 옮겼다.

주변이 어둡긴 했지만 두 부부의 상쾌함을 막지는 못했다.

한데 발걸음을 옮기던 나라하시가 고개를 자꾸 갸우뚱거리는 것이 아닌가?

그도 그럴 것이 제1도리이를 지나고서부터 어딘가 긴 듯 아닌 듯 한 묘한 이질감이 들었기 때문이다.

더욱이 배전에 가까워지면 질수록 그런 기분은 더해만 갔다.

평소와는 달리 어딘가 모르게 어색한 분위기.

그것도 많이 어색했다.

'이상하군.'

비록 침침한, 여명이 밝아 오기 전의 시야였지만, 응당 그

자리에 있어야 할 것들이 사라진 느낌이 강하게 전해졌다.

자연 경쾌하게 내딛던 발걸음이 서서히 느려지더니, 급기야 나라하시로 하여금 걸음을 멈추게 했다.

제2도리이 앞이었다.

눈앞의 기둥은 분명히 제2도리이가 맞았다.

그런데 뭔가 많이 달라진 것 같아 눈을 좁혀 전면을 살펴보았다.

'헛! 신몬神門이…….'

나라하시는 대번에 달라진 점을 알아챘다.

제2도리이 뒤편에 위치해 있어야 할 신몬이 눈에 들어오지 않았던 것이다.

'이거…… 내 눈이 이상한가? 시신경 손상인가, 안구에 이상이 생겼나?'

안 그래도 요즘 들어서 급속히 저하되어 가는 시력이라 나라하시는 눈을 한 번 비비고 다시 쳐다보았다.

하지만 변한 것은 없었다.

오히려 흘려 봤던 키다몬과 오테츠미사가 사라진 것까지 시야에 잡힐 뿐이었다.

비록 시력이 침침하고 주변이 어둑하다지만 늘 보아 왔던 신사의 변화를 감지하지 못할 정도는 아니었다.

남편의 행동이 이상하다고 여긴 아사코가 물었다.

"여보, 왜 그래요?"

아내의 말을 듣지 못한 듯 나라하시가 오히려 되물었다.

"아사코, 좀 이상하지 않아?"

"뭐가요?"

"신몬이 없어진 것 같아."

"네에?"

"제2도리이 너머에 있어야 할…… 헉!"

손을 들어 정면을 가리키던 나라하시가 기겁을 하더니 뒤로 한 발짝 물러섰다.

"여, 여보."

나라하시의 행동에 덩달아 두려움을 느낀 아사코도 황급히 물러서며 남편의 소맷자락을 부여잡았다.

"다, 담장이……."

그제야 담장까지 깡그리 사라진 것을 발견한 나라하시는 얼마나 경악했는지 입을 다물지 못하더니 겨우 입을 뗐다.

"아, 아사코, 주, 주변을 봐!"

하지만 두려움이 잔뜩 어린 말투라 아사코는 남편의 등 뒤로 숨기에 바빴다.

"전부 사라졌어! 하나도 안 보인다고!"

두려움을 떨치려는지 나라하시의 음성이 점점 커졌다.

그제야 아사코도 이를 느꼈는지 새된 목소리를 냈다.

"여, 여보! 키다몬과 오테미츠사도 안 보여요!"

"그, 그래. 대체 이, 이게 어찌 된……."

"가, 간밤에 지진이 있었나 봐요."

"그럴 리가!"

그랬다면 인근에 사는 자신이 못 느꼈을 리가 없다.

"어디 좀 더 가까이 가 봅시다."

"여, 여보."

남편의 옷자락을 부여잡는 아사코의 음색에 두려움이 가득했다.

"사, 사람들이 곧 올 거예요. 조금 있다가……."

두 부부처럼 새벽에 조깅하는 사람들이 더러 있었기에 하는 말이었다.

"아사코, 우리 부부가 매일처럼 와서 기도드리던 신사요. 뭐가 두렵단 말이오?"

"그, 그래도 경시청에 연락부터 하는 게……."

"휴대전화를 가져오지 않았잖소?"

"아……."

두 부부는 간편한 운동복 차림이 편했던 터라 주머니에는 아무것도 지참하지 않은 채였다.

나라하시가 아내의 손을 잡아끌며 제2도리이를 지나 신몬이 서 있었던 자리로 다가갔다.

하지만 채 다가서기도 전에 두 부부의 시야를 가득 채우는 이상 현상에 걸음을 멈춰야 했다.

"여, 여보, 저게 뭐죠?"

"글쎄……."

억지로 용기를 쥐어짰던 나라하시였지만 이제는 정말 두려움을 느꼈는지 아내의 손을 꼭 잡고는 천천히 뒤로 물러섰다.

이유는 두 부부의 앞에 말로써 표현할 수 없는 기현상이 벌어지고 있었기 때문이다.

바로 어둠보다 더 짙은 검은 연기가, 아니 검은 연기처럼 부유하는 먼지라고 해야 옳을 무언가가 보였던 것이다.

단순한 두려움을 넘어 감당하기 힘든 공포에 이른 나라하시였지만, 시선은 본전과 영새부봉안전에 고정되어 있었다.

"아, 아, 아……."

나라하시의 입에서 신음 같은 비명이 절로 튀어나왔다.

야스쿠니신사의 전부, 아니 핵심이라 할 수 있는 본전과 영새부봉안전이 검은 연기에 의해 서서히 잠식되어 가고 있는 것이 아닌가?

"아, 안 돼!"

안타까운 마음에 소리쳐 봤지만 검은 연기가 닿는 곳마다 한 줌 먼지로 화해 사라지는 신사의 건물들이 여과 없이 나라하시와 아사코의 눈에 또렷이 들어왔다.

도무지 믿기지 않는 불가사의 같은 장면에 두 부부의 표정은 황당함, 당혹감으로 얼룩지더니, 급기야 거대한 공포로 이어져 절규가 터져 나왔다.

"이럴 수는 없어! 이러면 안 된다고—!"

영새부봉안전이 사라진다는 것이 어떤 의미인지 모르지 않는 나라하시로서는 당연한 반응이었다.

하지만 당장은 할 수 있는 일이 아무것도 없었다.

비록 당시 나이가 어려 대동아전쟁이나 태평양전쟁에 참여할 수는 없었지만, 그 자부심만큼은 대단했던 나라하시였던지라 영새부봉안전의 소멸은 그로 하여금 통곡을 하게 만들었다.

"여보, 유슈칸도 사라지고 있어요!"

털썩!

아사코의 말에 급기야 무릎까지 꿇은 나라하시는 하늘이 무너지는 심정이었다.

"크흐흑!"

"여, 여보……."

"끄윽, 끄으윽."

어깨까지 들먹이며 울어 대는 나라하시.

남편을 부둥켜안은 아사코의 음성에 두려움이 흠씬 묻어났다.

"여, 여보, 무서워요."

"그래요. 가, 갑시다."

나름 담대하다고 자부해 왔던 나라하시조차 이제는 분한 마음과는 별개로 극한의 공포가 느껴져 더 이상 머물고 싶지 않았다.

전무후무한 이 기현상은 누구라도 그런 마음을 가지게 할 것이었다.

"여, 여보! 유슈칸도 거의 사라지고 있어요!"

"엉?"

전쟁박물관이 거의 사라지고 있다는 소리에 고개를 든 나라하시의 시선이 빠르게 돌았다.

"미, 미친……."

"여보, 어, 어서 도, 돌아가요."

공포에 찌든 아내의 말에 나라하시가 얼른 아사코를 끌어안았다.

"이러다 검은 연기가 이쪽으로 오면 어떡해요?"

"……!"

아내의 말에 나라하시는 문득 떠오르는 게 있어 주변을 돌아보며 손을 스윽 내밀었다.

손가락 끝에 바람 한 점 느껴지지 않는 날씨.

이는 곧 검은 연기가 바람에 흩날리는 것이 아님을 확인시켜 주었다.

'이럴 수가!'

무언가 조종하지 않고서야 어찌 저런 현상이 나타날 수 있단 말인가?

"여보, 빨리 돌아가요."

"아, 알았소."

나라하시도 행여나 검은 연기에 닿을까 싶어 전신의 신경 다발이 올올이 곤두서고 있는 중이었다.

또다시 문득 떠오르는 재수 없는 생각 하나.

'저것이…… 도쿄 전체에 부유한다면!'

생각만으로도 끔찍했다.

그 생각을 하니 전신으로 오소소 돋는 소름과 동시에 별안간 머릿속이 난장과 다름없이 지끈지끈해져 왔다.

"아사코, 어서 가서 사람들이 오지 못하게 말립시다."

"그래요. 빨리 도망가요. 경찰서에도 알려야죠."

"그, 그래야지."

새벽 05시경의 도쿄경시청.

지난밤부터 눈 한 번 감지 않고 꼬박 당직을 서고 있던 나가요시 케이타는 동녘이 터 오는 시각이 되어서야 마지막 고비를 넘기지 못하고 끄덕끄덕 졸고 있었다.

때마침 그런 케이타를 깨우려는지 책상 위에 놓인 전화기가 요란하게 울어 댔다.

뜨르륵. 뜨르르륵.

화들짝!

"으헉!"

전화기 벨소리에 깜짝 놀란 케이타가 퍼뜩 잠에서 깨어났다.

얼른 전화기를 집어 들고 다급히 응대했다.

"예, 경시청 형사 1부 케이타 순사부장입니다."

ㅡ크, 큰일 났습니다. 신사가, 신사가 사라졌습니다!

"예? 그게…… 무슨 말입니까?"

새벽 댓바람부터 이런 황당한 신고라니!

'아놔.'

피곤과 더불어 더 시무룩해진 케이타가 속으로 투덜거렸다.

'뭐야? 상황실로 가야 할 전화가 왜 여기로 온 거…… 어?'

그리고 보니 케이타가 들고 있는 전화기가 직통 전용이었다.

'누가 또 전번을 함부로 흘린 거야?'

상황실을 거치지 않고 직통 전화로 일반인에게서 걸려오는 일이 거의 없었기에 케이타의 짜증은 더 심해졌다.

케이타는 지금 롯폰기로 출동 나간 동료 선배들을 대신해 사무실을 지키고 있는 중이었고, 더군다나 여긴 형사부라 저런 정신 나간 얼뜨기들의 신고를 받는 곳도 아니었던 것이다.

그래도 짜증 나는 속내와는 다르게 친절하게 대해야 했다.

"상황실로 연결해 드릴 테니 거기로 신고해 주세요."

―아악! 거긴 지금 전화가 안 된단 말이외다!

"예?"

―거긴 지금 불통이란 말이오!

"그럴 리가요?"

―이봐요! 지금 그딴 말로 허비할 시간이 없소이다! 빨리 야스쿠니신사로 출동하시오! 신사가 밤새 전부 사라졌단 말이오!

"에에? 시, 신사가 사라져요?"

―아놔, 그렇다니까!

"아, 하하…… 하핫, 일단 알겠습니다."

―접수된 거요?

"예."

―나 원, 이게 무슨 날벼락인지…….

신고인의 뒷말이 꺼림칙하게 들렸던 케이타가 통화를 끝내려다가 다급히 말했다.

"여, 여보세요!"

―아, 왜요?

"정말…… 야스쿠니신사가 사라졌단 말입니까?"

―후우, 아무도 안 믿어 주니 나만 미친놈이 된 것 같소. 신문과 방송사에 신고해도 웬 덜떨어진 놈으로 치부하고 상대도 안 해 주니……. 내 나이가 일흔 살이고 이름은 나라하

시 사부로요. 그리고 내가 지요다구에서 살아온 지가 40년이 넘었소. 이런 늙은이가 거짓 신고를 할 것 같소?

"아, 그야……."

―우리 부부는 매일 새벽 4시면 배전에 참배하러 가오. 오늘 역시 아내랑 같이 신사로 조깅을 갔다가 신사가 사라지는 것을 보고 까무러칠 뻔했단 말이오. 겨우 정신을 수습해 집으로 와서 신고하는 거요. 내 아내는 지금도 안 믿기는지 연방 헛소리를 해 대며 앓아누웠단 말이외다!

'엉? 거짓말을 하는 것 같지 않은데?'

70대 노인의 말이라고 하니 더 신빙성이 느껴진 케이타는 다시 물었다.

"나라하시 상, 신사가 완전히 사라진 것입니까?"

―그게…… 어두워서 자세히 보지 못했지만, 제2도리이같이 철제로 된 것은 남아 있는 것 같았소. 유슈칸의 땅끄도 얼핏 본 것 같고…….

"으음. 아, 알겠습니다. 출동해서 알아보도록 하겠습니다."

―빨리 가 보시오.

철컥.

통화를 끝낸 케이타가 심상치 않다는 느낌에 뭔가 조치를 하기 위해 재빨리 밖으로 나갔다.

이 사건은 형사부에서 할 일이 아니라 생활안전부나 조직

범죄대책부에서 할 일이라 내용을 전달해 줘야 했다.

"엉?"

복도로 나오니 시끌시끌했다.

첫새벽에 복도가 부산한 것에 어리둥절해진 케이타가 잰걸음으로 다가오는 동료를 붙잡고 물었다.

"타쿠미, 무슨 일로 그리 바쁜가?"

"어, 케이타, 또 밤새웠어?"

"응, 우리야 밤을 새우는 게 일인데 뭐. 근데 무슨 일 있어? 왜 이리 시끄러워?"

"아, 황당한 신고가 들어와서 그래."

"신사가 사라졌다는 신고지?"

"어? 알고 있었어?"

"방금 누가 전화로 신고해 왔거든."

"그 때문에 상황실의 전화통이 잼jam에 빠져 부하가 걸렸어."

"아, 그래서 각 부서마다 전화가 걸려온 거로군."

"맞아. 너네 부서에도 갔구나?"

"그래."

"하하핫. 총무부, 경무부, 교통부, 경비부, 지역부, 공안부 전부 난리다."

"근데 신사가 사라진 게 사실 같아?"

"하핫, 하룻밤 사이에 신사가 사라졌다는 말은 믿기지가 않지. 면적만 해도 3만 평인데.”

“그, 그렇지.”

“그치만 저렇게 전화통에 불이 나니 안 가 볼 수도 없잖아?”

“지금 신사에 가던 중이었어?”

“그래. 당직 선다고 피곤할 텐데 집에 가서 좀 쉬어.”

“그래야 하는데…….”

“하긴 어렵겠지. 얘기는 들었어.”

“아…….”

“야쿠자들 싸움이 곧 일어날 거라며?”

“어.”

“그래도 눈은 좀 붙여 둬. 꼴을 보니 며칠 밤을 새운 거 같은데.”

“뭐, 컨디션이 꽝이긴 해.”

툭툭툭.

“난 가 봐야 하니 자넨 좀 쉬고 있어.”

“어, 수고.”

당장이라도 드러눕고 싶은 마음이야 빤했지만 롯폰기에서 한창 잠복근무 중인 동료와 선배 들을 생각하면 그럴 수가 없었다.

계급이 겨우 순사부장인 케이타다.

도, 부, 현이라면 주임으로 보임되는 신분이겠지만, 경찰청이나 경시청일 경우는 고작 말단 계원일 뿐이었다.

즉, 부서에서 가장 막내라는 뜻이다.

어쨌든 실제로도 케이타는 이날 이후, 오래도록 집에 들어가지 못했다.

이유는 야쿠자 조직들 간의 싸움과 야스쿠니신사가 사라진 사건으로 인해 도쿄경시청을 비롯해 국가공안위원회는 물론 수도권 인근의 경찰들이 비상근무에 들어갔기 때문이었다.

국가공안위원회 상황실에서도 전화통에 불이 나고 있었다.

"실장님, 지금 걸려오는 전화 전부가 야스쿠니신사가 사라졌다는 신고입니다. 절대 장난 전화가 아닌 것 같습니다."

"저도 그렇게 여겨집니다. 작정을 하고 단체로 저런 허무맹랑한 신고를 할 일은 아니라고 봅니다."

"실장님, 신고자들이 대부분 나이 지긋한 노인들입니다. 그리고 배전에 참배하러 갔다가 목격했다고 합니다. 그러니 일단 확인부터 해 보는 게 좋겠습니다."

상황실 실장인 하시모토는 연방 들려오는 부하들의 보고에 정신이 다 혼미할 지경이었다.

하지만 이걸 믿어야 할지 판단하기가 애매해 망설이고 있는 중이었다.

국가공안위원회는 경찰의 관리 기관이다.

대규모 재해나 소요 사태와 관련해 비상사태를 선포하는 것은 신중해야 할 일이라 제반 사항을 확실하게 인지하는 것은 기본이었다.

고로 신고가 들어왔다고 섣불리 결정할 일이 아니었다.

"겐타, 현장으로 보냈나?"

"보고를 하고 가려던 참이었습니다."

"구체적인 신고 내용이 뭐야?"

"그것이…… 신사가 감쪽같이 사라졌다는 겁니다."

"그러니까 그게 가능하다고 보냐고?"

"그렇지만 하나같이 그런 말들을 하고 있습니다. 그것도 흥분한 말투로 말입니다."

"으음, 야스쿠니신사가 사라지다니…… 그야말로 황당하기 짝이 없군."

"실장님, 제가 직접 가서 확인해 보겠습니다."

"끙, 이마무라와 같이 가게."

"하이!"

나라하시와 아사코가 패닉에 든 그 시각.

담용이 야스쿠니신사를 벗어나는 즉시 향한 곳은 그리 멀지 않은 우에노공원 쪽이었다.

'이대로는 곤란하겠지?'

모습을 바꿀 필요가 있었다.

지금은 쿠단시타역의 감시 카메라에 잡혔던 30대 중반의 감색 정장 차림 회사원의 모습이었다.

'흠, 코트를 한번 입어 봐?'

때마침 옷가게 앞을 지나가다 보니 카키색의 트렌치코트를 걸친 마네킹이 눈에 들어왔다.

원래 패션의 핏을 살리기 위해 마네킹 사이즈를 크게 제작하다 보니 마네킹이 걸치고 있는 트렌치코트가 178cm 키의 담용에게 안성맞춤으로 보였다.

'감시 카메라가……'

들어가기 전에 가게 안을 살펴보았다.

'있네.'

슬쩍 몸을 틀며 의념을 전했다.

'프라나, 저 코트 좀 가져다줄래?'

─알따.

'아, 모자도 부탁해.'

패도라 형태에 가까운 중절모자를 쓰면 트렌치코트에 잘 어울릴 것 같았다.

프라나가 코트와 모자를 슬쩍해 오는 것은 여반장이었고,

골목으로 들어간 담용이 변장을 하는 것도 금세였다.

40대의 중후한 인상의 장년으로 변장한 담용은 특별한 목적지도 없이 발길 닿는 대로 걸었다.

그러다 보니 쇼탱가 거리까지 왔다.

그런데 지난밤 긴장했던 탓인지 허기가 밀려왔다.

'출출하네.'

주변을 스윽 훑어보니 아직 문을 열지 않은 식당들이 태반이었다.

다행히도 굶으라는 법은 없었는지 불빛이 환한 음식점이 있어 곧장 다가갔다.

언뜻 봐도 주야 24시간 풀로 영업하는 식당이었다.

"어서 오세요."

활기찬 여종업원의 환대를 받은 담용이 들어서자마자 메뉴판을 쳐다보며 말했다.

"교자만두와 얼큰한 탄탄면을 주문할게요."

얼핏 봐도 중국풍이 가미된 메뉴판이라 맛있을 것 같아 그렇게 시켰다.

교자만두는 육류 섭취를 위함이었고, 얼큰한 탄탄면은 간밤의 추위를 떨쳐 내기 위해서였다.

"교자만두 하나와 탄탄면 하나 주문받았습니다. 주문하신 음식은 10분 정도 걸립니다. 자리에 앉아 잠시 기다려 주십시오."

여종업원의 말에 담용은 속으로 가격이 1,620엔임을 뇌까리며 셀프서비스인 물 한 잔을 가지고는 TV를 바라볼 수 있는 자리에 가서 앉았다.

다분히 의도적인 행동이었다.

새벽과 아침의 경계선에 있는 시각이라 서너 명의 손님밖에 없어 조용했다.

식당의 온기는 담용의 몸을 금세 데우고도 남았다.

'이제야 좀 살 것 같네.'

굳었던 몸이 풀리자, 느긋한 자세를 취한 담용이 지니고 다니던 중국어책을 펼쳤다.

누가 봐도 그대로 자연스러운 모습.

이어서 말은 새어 나오지는 않았지만 정말 공부를 하는지 웅얼웅얼하는 입 모양새가 쉴 새 없이 이어졌다.

어느새 10분이 흘렀는지 담용이 주문한 교자만두와 탄탄면이 나왔다.

중국어책을 거둔 담용이 허기진 배에 탄탄면의 국물부터 먼저 떠 넣었다.

후룩.

'오! 괜찮은데?'

혀를 자극하는 뜨끈하고도 알싸한 캡사이신의 매운맛이 마음에 들었다.

그때부터 담용은 교자만두와 탄탄면을 번갈아 먹으며 먹

방에 돌입했다.

그만큼 배가 고팠던 탓이었다.

그렇게 얼마나 지났을까?

담용이 식사를 거의 마무리할 즈음이었다.

돌연 바깥이 시끌시끌해진다 싶더니 삼삼오오 무리를 지은 사람들이 한꺼번에 식당으로 들이닥쳤다.

"어서 오세……."

여종업원이 습관처럼 손님을 맞이하는 인사를 끝까지 맺지 못한 것은 손님들이 계속해서 들어왔기 때문이었다.

게다가 당장이라도 멱살을 틀어쥐고 싸움을 걸 기세로 잔뜩 흥분해 있어, 졸지에 종업원들의 얼굴이 두려움으로 점철됐다.

무리의 표정에서 뭔가를 짐작한 담용의 입매가 살짝 비틀렸다.

'홋! 이제야 본 건가?'

그럴 것이 모두들 간편한 트레이닝복 차림인 걸로 보아 우에노공원이나 야스쿠니신사에서 조깅을 하던 부류 같았기 때문이다.

시간은 05시 20분이 막 지나고 있었다.

들어선 무리 대다수가 나이 지긋한 부부였고, 나머지는 친구이거나 지인 관계로 보였다.

아무튼 무덤처럼 조용하던 식당이 갑작스럽게 들이닥친

사람들로 인해 와자지껄해졌다.

삼삼오오 짝을 지어 각자 따로 자리를 차지하는 걸로 보아 같은 일행이 아님을 알 수 있었다.

한데 이들의 공통된 점은 얼굴들이 하나같이 벙찐 기색이거나 아니면 두려움을 떨치지 못한 표정이라는 것이었다.

게다가 음식을 주문하기보다는 누가 먼저라 할 것 없이 중구난방 떠드는 말에서 전말이 드러나고 있었다.

즉, 아침 일찍 문을 연 곳이라 우르르 몰려든 것으로, 모종의 일이 공통분모가 되어 부화뇌동해 얼떨결에 단체로 움직인 행태임을 알 수 있었다.

수군수군, 웅성웅성대는 가운데 깡마른 노인이 슬며시 일어나더니 조심스럽게 입을 열었다.

"여러분, 잠시 주목해 주십시오."

"……!"

시선들이 일제히 깡마른 노인에게로 쏠렸다.

"지금…… 제가 잘못 본 건 아니겠지요? 아, 야스쿠니신사 말이외다."

"크흠, 황국신사가 사라진 걸 말하는 거라면…… 내 비록 나이가 들어 눈이 침침하다지만 확신할 수 있소. 절대 잘못 본 게 아니란 걸 말이외다."

"어허이! 차, 착시였기를 바랐건만……."

"나 역시 그런 마음이오만 분명한 현실인 걸 어떡하오?"

"그렇다면 여러분 중에 이번 일에 대해 아는 사람이 있소이까?"

"알다니? 나는 추측도 가지 않소이다."

"이건 불가사의한 일이외다. 그걸 대체 누가 알 수 있단 말이오?"

"맞소이다. 어젯밤 잠들기 전에만 해도 멀쩡했던 신사가 갑자기 사라졌다는 것 자체가 말이 안 되오이다. 그렇지 않소이까?"

벙거지를 쓴 노인이 대꾸하자, 얼굴에 검버섯이 가득한 노인이 거들며 오히려 되묻고 나섰다.

"어젯밤이라면…… 그때가 몇 시였소?"

"제2도리이에서 11시까지 있다가 나왔을 게요. 시간을 확인하지 않아도 습관처럼 늘 해 오던 짓이었으니 말이오."

"헐, 그렇다면 오늘 아침 5시까지라고 해도 저게…… 불과 6시간 만에 벌어진 일이란 말이잖소?"

"그러게 말이오. 그 넓은 신사가 단 몇 시간 만에 사라졌다는 것은 도무지 말이 안 되오."

"혹시 목재들이 전부 썩어서……."

"그건 더 말이 안 되오이다."

"콘크리트와 돌 그리고 철제 들만 남아 있는 걸 봤잖소?"

"내 조카가 신사를 보수할 때마다 참여하고 있소이다."

목재가 썩어서 벌어진 일이 아니라는 뜻.

"두 달 전에도 보수했다는 말을 들었다오."

"하긴 목재가 썩었다는 건 좀 무리가 있는 말이긴 하오만…… 당최 설명할 길이 없으니……."

"저기…… 우리 부부가 결혼하고 지요다구에서 산 지도 벌써 50년이 넘었소."

아내의 손을 꼭 잡은 채, 불안한 기색으로 듣고 있던 노인이 나섰다.

"노형의 말처럼 황국신사는 수시로 보강하고 보수해서 하루아침에 무너진다거나 사라질 수 있는 건물이 아니라오. 이건 필시 우리가 알지 못하는 기이한 힘이나 희귀한 기운에 의한 현상으로 봐야 할 것 같소만……."

"기이한 힘?"

"희귀한 기운?"

"그렇소. 가미카제 같은 영험한 기운은 아니더라도…… 그 비슷한 기운이 생겼을지 모르잖소? 가미카제가 우리 눈에 보여서 수호신으로 섬기는 게 아니듯이 말이외다."

"하면 호국의 혼이나 영령 들이 한 일이란 뜻이오?"

절레절레.

"나라고 그걸 알 수 있겠소만…… 미지의 힘인 것만은 분명할 게요. 그리고……."

"그리고 뭐요?"

"뭐, 곧 정부에서 원인을 파악해 발표를 하겠지만…… 난 이번 일이 시작에 불과할지도 모른다는 생각이 드오이다."

"그…… 재수 없는 소리 좀 하지 마오."

쾅!

"으아–! 야스쿠니가 사라지다니! 이, 이럴 수는 없어. 이럴 수는 없다고–!"

미친놈처럼 느닷없이 식탁을 내려친 옆자리의 중늙은이가 비분강개한 어조로 울분을 토해 냈다.

"아, 아, 대일본의 정신과 혼이 허무하게 쓰러지다니!"

동조하듯 이번에는 털모자를 덮어쓴 중년의 동행인이 두 손으로 머리를 감싸쥐고는 세상이 무너진 듯한 표정을 자아냈다.

"크흐흑. 화, 황군의 혼령을 어찌 달래야 한단 말인가?"

"으헝헝, 영새부봉안전이 흔적도 없이 사라져 버렸어. 내 이 두 눈으로 똑똑히 봤다고!"

급기야 울음까지 터뜨리며 울분을 토해 내는 사람들까지 생기기 시작했다.

울음은 곧 전염이 되어 울적한 심사를 금치 못하고 있던 나머지 사람들의 감정선을 건드리고 말았다.

"으아아아! 야마토다마시이–!"

"가, 가미카제여–! 어허헝!"

식당은 졸지에 이 떼거리가 통곡하는 장소로 변해 버렸다.

'쯧!'

담용은 일본인들의 야스쿠니신사에 대한 애정이나 감정이 각별함을 새삼 느끼고는 짧게 혀를 찼다.

'야마토다마시이? 가미카제?'

담용도 모르지 않았다.

야마토다마시이는 전체를 중시하는 말로, 집단을 중시하는 일본의 정신이란 뜻이다.

그런데 이게 어느 일본 기자의 입에서 나온 말이라 역사적 근거도 신빙성도 없다.

가미카제는 신풍神風, 즉 신의 바람으로 일본을 지켜 주는 수호신이라는 것.

'뭐, 일본의 풍습이고 샤머니즘이니…….'

뭐라고 할 생각도 없고 또 근거 역시 없는 것도 아니었다.

일본인들은 국가를 위해 죽은 사람들의 혼은 흩어지는 것이 아니라 하나로 모이며 그 혼이 점점 커져 국가가 큰 위기에 봉착했을 때 힘을 발휘하여 도와준다고 믿는 데서 기인했으니 말이다.

어쨌든 그렇게 한바탕 통곡이 연출되는 가운데 갑자기 '투투투' 하는 헬기의 로터음이 들려왔다.

그것도 한두 대가 아닌지 식당 주변이 점점 더 시끄러워졌다.

"헬기다!"

"자위대다!"

"이제야 도착했군."

통곡을 해 대던 사람들이 다들 한마디씩 내뱉으면서 창가로 우르르 몰려가 하늘을 올려다보느라 정신이 없다.

한 줌의 의심이라도 피하기 위해 담용도 허둥지둥 뒤따랐다.

"어? 방송국 헬기잖아?"

"NHK다!"

"이봐요, TV좀 틀어 봐요!"

"아, 맞아! 6시뉴스 할 시간이다! 빨리 TV를 틀어요!"

"NHK로 해!"

"그래, NHK가 빠르고 정확해!"

손님 아닌 손님들의 닦달과 성화에 두려움을 느낀 남자 종업원이 얼른 TV 전원을 켰다.

벽시계는 정각 06시를 가리키고 있었고, 울음마저 그친 식당 안은 정적에 휩싸였다.

투타타타타타타……..

이미 속보를 전하고 있었는지 TV 화면에서도 헬기의 로터음이 들려오고 있었다.

화면은 아직 밝아 오지 않은 날씨로 인해 희뿌옇게 보였지만, 아나운서를 대동하지 못했는지 영상 카메라만이 신사의 처참한 광경을 담고 있었다.

마치 무성영화를 보는 기분이었고, 화면은 쉴 새 없이 롤

러코스터를 타고 있었다.

방송 준비가 될 때까지 못 기다리고 카메라맨부터 내보내 뛰어다니게 하고 있다는 얘기다.

화면이 들쑥날쑥하니 눈이 다 어지럽다.

이로 보아 방송국에서도 다급하게 보도 준비를 하고 있음이 짐작됐다.

하기야 믿기지도 않을 전화를 받고 대책 없이 출동하는 방송사가 있을까?

―야스쿠니신사가 사라졌다.

누가 들어도 믿기지 않는 말이 아닌가?

현장을 나가더라도 믿을 만하거나 그럴듯한 얘기여야 말이지.

도무지 말이 안 되는 신고에 움직일 방송사는 없다.

한 번 움직이는 데 비용이 얼만데.

그런데 실로 믿기지 사태에 관한 이야기로 전화가 불이 나다 보니 엄벙덤벙하는 것이야 무리도 아닐 것이다.

그것도 새벽녘에 말이다.

그나마 그 짧은 시간일망정 애쓴 흔적이 보였다.

이건 시작에 불과할 뿐이라고

-황국신사 증발.

    화면 아래의 자막에 같은 문구를 계속해서 내보내고 있는
것이 전부였다.

    '역시 방송사는 다르네.'

    표현 문구가 '사라졌다'라는 단어보다는 '증발'이 더 적합
해서다.

    '노인네 말대로 철제는 그대로군.'

    더해서 비록 흉물이 된 상태였지만 돌과 콘크리트도 그대
로 남아 있었다.

    여기서 궁금한 점이 생긴 담용이 프라나에게 의념을 전했

다.

'프라나, 돌이나 철제는 소멸이 안 되는 거였어?'

-그건 나로서도 어쩔 수 없다. 몸 된 주인의 능력이 모자라서 그런 거니까.

'제2도리이는 입김만 불어도 가루가 될 정도로 썩었다고 했잖아?'

-따지지 마라. 면적이 너무 넓어 몸 된 주인의 능력으로 한계가 있었으니까.

'쩝, 할 말 없게 만드네. 그런데 소멸시킨 것을 회생시키는 것도 가능해?'

-가능하다. 대상물에서 소멸의 기운을 제거하면 원래 형태로 돌아가게 되어 있다.

선뜻 믿기 어려웠지만 지금 벌어지고 있는 일 자체가 불가사의하지 않은가?

-그치만 시간이 많이 흐르면 불가능하다.

'그야 대상물이 흩어져 버리면 어렵겠지.'

-근데 저거 함부로 들어가면 안 되는데…….

'아니, 왜?'

-음…… 용어가 없어 뭐라 말을 못 하겠다.

'엉? 그게 뭔 말이야?'

-몸 된 주인이 소멸에 관한 명칭을 안 지어 줬잖아?

'어? 그러고 보니…….'

야스쿠니신사의 소멸은 오롯이 프라나가 벌인 일이라 그 점을 간과했다.

—명칭이 없으면 더 이상은 곤란하다는 걸 명심해야 할 거야.

'알았어.'

프라나와 호환하려면 수법의 명칭이 중요했기에 소홀히 지나칠 수가 없어 고민에 잠겼다.

'익스팅션? 이건 너무 고루한데?'

사이킥 수법이 소멸이니 그에 관한 용어가 필요했다.

'아, 패싱passing이 있었군.'

이 역시 소멸을 뜻했으니 익스팅션보다는 알맞은 용어였다.

'프라나, 사이킥 패싱으로 하자.'

—알았다. 접수.

'이제 왜 안 되는지 말해 봐.'

—내 분신의 일부인 사이킥 패싱의 기운이 아직 남아 있어서야.

'어? 정말?'

—그래, 저거 공기보다 많이 무거워서 태풍과 같은 강풍이 휩쓸지 않는 한 좀처럼 흩어지지 않아.

'그럼…… 저긴 당분간 대재앙지로 남게 된다는 거잖아?'

—그런 셈이지.

'거참······.'

지금은 겨울이다.

한겨울의 삭풍이 좀체 불어오지 않는 도쿄이다 보니 태풍이 오는 여름까지 기다려야 한다는 소리다.

그런데 이제 겨우 겨울 문턱이니 아직 한참이나 남았다.

'이거 경고해 줘야 하지 않을까?'

—어떻게?

그 한마디에 담용은 꿀 먹은 벙어리가 되어 버렸다.

—저러다가 희생자가 몇 명 나오게 되면 조심할 테니 너무 마음 쓰지 않아도 돼. 그리고 저 카메라맨처럼 오래 머물지만 않으면 괜찮아.

'오호, 잠시라면 영향이 없단 말이지?'

—그럴 거야.

'하면 사람도 소멸되나?'

—내 천성이 그렇게 잔인하지는 않다. 아마 시름시름 앓으면서 고생 좀 할걸.

'죽을 정도는 아니란 말이냐?'

—그건 장담하지 못해. 심약해진 사람에게 다른 변수가 없다고는 못 하니까.

'하긴······ 어? 뉴스가 준비됐나 보다.'

보도 자료가 작성됐는지 마침내 화면에 영상이 출력되기 시작했다.

뉴스 시간 전의 짤막한 전주곡마저 생략한 첫 화면은 스튜디오의 데스크였고, 달랑 남자 아나운서 한 명이 보도 용지를 든 채였다.

담용은 아나운서가 과연 무슨 말을 할지 궁금해졌다.

편안해 보여야 할 아나운서의 얼굴이 상당히 굳어 있다는 것을 알 수 있었다.

그걸 증명이라도 하듯 입술이 파르르 떨리는 모습이 여과 없이 잡혔다.

─구, 국민 여러분, 전국의 모든 방송국을 대표해서 NHK가 전해 드리는 긴급 뉴스입니다. 아직 화면이 준비되지 않은 점에 대해 사과를 드립니다. 화면이 준비되는 대로 곧 보여 드리도록 하겠습니다.

미증유의 대사건이었던 탓에 방송 매체들도 단합을 했는지 방송 송출을 NHK가 맡은 것 같았다.

그것도 급조한 티가 팍팍 났다.

─아, 아……이, 이럴 수가 없습니다. 지금도 계속해서 본 방송국으로 야스쿠니신사가 사라졌다는 전화가 수도 없이 걸려오고 있습니다! 저희 NHK는 도무지 믿기지 않는 전화에 일말의 의심이 없는 것은 아니었지만 빗발과도 같은 신고 전화에 그럴 리가 없다는 말을 할 수 없다는 것이 정말 안타깝습니다. 야스쿠니신사가 사라지다니요! 어

찌, 어찌…… 이런 일이…… 일어날 수가 있단 말입니까아아아아ㅡ!

아나운서의 입에서 대뜸 튀어나온 말이 거의 울음에 가까웠고, 종국에는 비명 같은 절규로 바뀌었다.

ㅡ아, 아아아…… 국민 여러분! 야스쿠니신사가 사라졌다고 합니다. 아니, 증발했다고 합니다! 아니, 이걸 어찌 표현해야 할지……. 아무튼 분명한 사실은 어제저녁까지도 멀쩡했던 야스쿠니신사가 현재 눈에 보이지 않는단 것입니다. 이것이 전정한 사실이라면 본 아나운서의 마음은…… 고베 대지진 때보다, 아니 땅이 갈라지고 세상이 쪼개진 것보다 더 마음이 찢어질 것입니다! 아마도 국민 여러분의 심정도 본 아나운서와 같으리라 여겨집니다. 이는 대일본의 대화혼이…… 대화혼이! 대화혼이…… 흔적도 없이 사라진 때문일 것입니다아아아아ㅡ! 부디 사실이 아니기를 바라면서…….

급격한 충격 탓이었던지 물기 먹은 아나운서의 말투가 툭툭 끊어지면서 고무줄처럼 질질 늘어지고 있었다.

그때, 헬기의 로터음이 요란하게 들려왔다.

투타타타타타타…….

ㅡ앗! 드디어 본사의 헬기가 화면을 송출하기 시작했습니다. 국민 여러분! 화면을 보아 주십시오ㅡ!

바인더북

아나운서의 새된 비명과 동시에 텅 비어 졸지에 휑해져 버린 야스쿠니신사가 화면에 나타났다.

그런데 어쩐 일인지 불타고 남은 재가 깔린 것처럼 전부 새까맣다.

조금 더 밝아진 탓에 잿더미를 연상케 하는 야스쿠니신사가 그대로 화면에 나타나고 있었다.

투타타타타타……

헬기가 신사 주변을 빠른 속도로 선회하기 시작했다.

그에 따라 까만 재가 흩날리면서 산화하듯 허공으로 흩어졌다.

이어서 드러나는 야스쿠니신사의 정경은 청동으로 만든 제1도리이를 비롯한 쇳덩이 구조물들만이 덩그렇게 흉물로 남아 있는 모습이었다.

―아아악! 저, 저게 뭔가요? 야스쿠니신사가…… 어, 어떻게……. 신고해 온 대로 그 어디에도 보이지가 않습니다. 어찌 이런 일이……. 아아아아…… 밤새 그 어떤 초월적인 힘의 작용이 있었던 걸까요? 아니면 본 아나운서가 지금 꿈을 꾸고 있는 것일까요―! 꿈이라면 빨리 깨기를 간절히 바랍니다!

투투투투……

야스쿠니신사를 한 바퀴 선회한 헬기는 신사에서도 가장 신성시 여겨 왔던 영새부봉안전 상공에서 호버링을 하며 제자리를 맴돌았다.

당연히 절망에 빠진 아나운서의 절통한 목소리가 흘러나왔다.

-아아아…… 국민 여러분, 보고 계십니까? 주신主神들을 모셔 놓았던 영새부봉안전마저 사라졌습니다.

영새부봉안전이 있어야 할 자리에 수북이 쌓인 검은 먼지만이 흩날리고 있었다.

식당 안은 그 장면이 나오자, 참담한 침음들이 흘러나오기 시작했다.

"으으으…… 영령들이시여-!"

"아마테라스 신이시여, 저희를 보우하시어 이 난국을 타개해 주소서."

"아마테라스 오미카미! 아마테라스 오미카미! 영령들을 지켜 주소서! 영령들을……. 헉! 저, 저거……."

사람들은 TV 화면에서 눈을 떼지 않은 채, 두 손을 꼭 부여잡고 기도하며 일왕가의 조상신이자 태양신인 아마테라스를 찾았다.

그런데 그들 중 중늙은이 하나가 무엇을 봤는지 눈을 휩뜨더니 벌떡 일어서며 소리쳤다.

"사, 사람이다! 사람이 들어갔어!"

"엉? 어, 어디?"

"저길 봐. 영새부봉안전이 있던 자리에 사람이 보이잖아!"

"헛!"

"오잇! 용감하다!"

"누구지? 줌인해! 줌을 당겨 보라고!"

"맞아! 땡겨. 확대시키란 말이다!"

이구동성으로 외치는 소리를 카메라맨이 듣기라도 했는지 때를 맞춰 꼬물꼬물 기어가듯 조그맣게 보이던 사람을 확대시켰다.

"와아―! 젊은이야!"

"오! 젊은 친구! 대단하다!"

"어, 어. 저 사람…… 케이타다! 케이타!"

"어머! 어머! 나가요시 상 같아요."

"맞지? 맞지?"

"맞아요."

"잉? 아는 사람이오?"

"그렇소. 저 친구는 나가요시 케이타란 사람이오! 나처럼 사사가와 재팬 회원이라오."

"사사가와 재팬이라면…… 극우…….."

"흐핫핫핫, 맞소."

"장해요, 나가요시 상!"

우울한 분위기임에도 폼을 잡으며 우쭐거리는 두 내외는 조금은 신나 하는 표정이었다.

"이봐요! 그럴 게 아니라 저 젊은이가 누군지 방송국에다 알려 주는 건 어떻소?"

"어! 그게 좋겠소. 저런 건 자랑해야 하오. 어서 알리시오!"

"아, 알았소. 여보, 당장 전화해요."

"좋아요."

그렇게 중구난방 떠드는 사이 아나운서의 입에서도 격앙된 목소리가 흘러나왔다.

–아! 젊은이입니다. 보이십니까? 영새부봉안전을 사수하려고 진입한 용기 있는 젊은이의 자랑스러운 모습입니다.

절망 가운데서도 어딘가 모르게 뿌듯해하는 어투의 아나운서의 목소리가 점점 흥분으로 치달았다.

'푸헐, 제멋대로 지껄여 대는군.'

흔적도 없이 사라진 영새부봉안전을 사수하러 진입했다니!

사수할 게 있어야 말이지.

–앗! 젊은이가 뭔가를 주워 들었습니다. 뭐, 뭘까요?

아나운서의 말에 식당 안의 사람들도 번들거리는 눈빛으로 호기심을 드러냈다.

"깃발 같은데?"

"맞아, 깃발이야."

호기심도 잠시, 젊은이가 깃발 같은 것을 헬기 쪽으로 보란 듯이 들어 올리는 것이 눈에 들어왔다.

곧이어 아나운서의 입에서 단말마의 비명과 같은 음성이 튀어나왔다.

—아아악! 저, 저게 뭡니까?

    ghost of hell

하얀 바탕에 까만 글귀로 그렇게 적혀 있었다.

손 글씨가 아닌 인쇄된 활자였다.

"헛! 고스트 오브 헬?"

"고, 고스트 오브 헬…… 지, 지옥의 유령?"

"지옥…… 유령이라니! 그럼 신사가 사라진 것이 지옥에서 온 유령의 짓이란 뜻이잖아?"

"설마!"

"맞아, 그럴 리가 있나? 지옥에서 유령이 와서 저질렀다니! 말이 돼?"

충격적인 깃발의 내용에 식당 안의 사람들은 서로 설왕설래하느라 말들이 많아졌다.

그러나 그게 사실이든 아니든 시간이 지날수록 차츰 '어쩌면 그럴 수도.'라는 마음이 드는 것 또한 피할 수 없었다.

그도 그럴 것이 신사가 무려 8천여 소나 될 정도로 워낙 미신에 대한 신봉이 컸던 탓에 각자의 내심에는 조금만 이상한 일이 생겨도 혹하는 마음이 자리 잡고 있었기 때문이었다.

당연히 숭배의 대상이 뭔지는 중요하지 않았다.

하물며.

–고, 고스트 오브 헬! 고스트 오브 헬이라니요? 이. 이. 이게 대체 무슨 내용입니까?

아나운서가 야스쿠니신사를 신봉하는 골수분자였던지 격랑이 가득 찬 눈에서 눈물이 흐르고 있었다.

아마도 바윗덩이보다도 더 단단하게 믿고 의지했던 신앙이 사라져 버린 탓이리라.

–지옥에서 온 유령이 신사를 사라지게 했다는 뜻일까요? 이게 무슨 말도 안 되는……. 이건 필시 악독하고도 잔인한 테러분자나 우리 대일본을 음해하려는 흑색 분자들의 소행이 틀림없습니다. 아니.

분명하다고 본 아나운서는 확신합니다!

점점 열기를 더해 가는 아나운서의 목소리에는 흥분이 정도를 넘어서고 있었다.

—국민 여러분, 범인을 목격했거나 알고 있다면, 아니 수상하다고 여겨지는 사람이 있다면, 지금 속히 본 방송국이나 경찰서, 그 외 어떤 관공서든 상관없이 신고해 주실 것을 간곡히 바랍니다. 악! 저, 저…….

두 손까지 모아 가며 간절하게 호소하던 아나운서가 영상을 보더니 갑자기 말을 더듬거렸다.

"어헛! 저, 저……."
"앗! 쓰, 쓰러졌어!"
"아악! 나가요시 상! 어, 어떡해!"

—아, 아…… 젊은이가 비틀거리고 있습니다. 왜? 무슨 일이 있었을……. 앗! 쓰, 쓰러졌습니다! 젊은이가 쓰러졌습니다. 이게 어찌 된 일입니까? 아, 지금…… 본 아나운서 앞의 피디가 독에 중독된 것이 아닐까 의심이 된다는 신호를 보내고 있군요. 그렇다면!

마지막 말을 짧게 끊은 아나운서에게로 방송국 직원이 다가와 쪽지를 건네는 장면이 잡혔다.
　곧이어 아나운서의 비장한 말투가 이어졌다.

　―국민 여러분, 방금 보셨다시피 우리 일본의 젊은이가 원인을 알 수 없는 현상에 의해 쓰러졌습니다. 그리고 조금 전 본 아나운서에게 전해진 쪽지에는 쓰러진 젊은이의 이름이 적혀 있었습니다. 젊은이의 이름은 나가요시 케이타입니다. 지요다구에 살고 있는 나가요시 케이타라고 합니다.

　"옴마나! 여보! 나가요시 상의 이름이 방송을 탔어요!"
　"허헛, 나도 들었소. 그나저나 중독됐다니, 괜찮아야 할 텐데……."
　"확실히 모른다잖아요?"
　"튼튼한 사람이 괜히 쓰러졌겠소?"
　"어? 또 뭔가를 전해 주는데?"
　"쪽지야. 새로운 소식이 들어왔나 봐."

　―국민 여러분, 긴급 공지 사항입니다. 방금 국가공안위원회에서 들어온 소식입니다. 지금 이 시간부로 야스쿠니신사와 우에노공원의 출입을 금한다고 합니다. 이를 차질 없이 이행해 주실 것과 혹시라도 지난밤에서 오늘 아침 시각까지 야스쿠니신사와 우에노공원을

들르셨거나 그 근처를 지나셨다면 신속히 몸을 씻어 이물질을 제거하기를 권합니다. 국가공안위원회에서는 독이나 그 외 여타의 해로운 물질에 노출됐을 수 있다고 판단하는바, 반드시 몸을 씻기를 바랍니다.

"헉! 저거…… 우리를 두고 말하는 거 맞지?"

"이런! 이러고 있을 때가 아니다!"

"요시로 상, 가, 갑시다!"

"그, 그래, 빠, 빨리 가서 씻어야겠다."

"아아악! 나는 배전까지 갔었어!"

"나, 나도!"

"미치코! 서둘러요!"

"당신이나 빨리 움직여요!"

우르르…….

우당탕. 쿵탕!

식당은 졸지에 서로 먼저 나가느라 서두는 통에 탁자와 의자가 넘어지면서 난장판이 되어 버렸다.

'쩝, 피곤하군. 나도 가서 쉬어야겠어.'

야스쿠니신사로 인해 하이텐션이 끊이지 않을 것 같은 기분이 든 담용도 슬그머니 일어섰다.

휘청!

"엇!"

자리에서 일어서는 순간, 몸을 가누지 못할 정도로 극심한 현기증이 일었다.

　'으…… 머리야.'

　머리를 쪼개는 듯한 두통은 덤이었고, 전신에 힘이 다 빠져나간 기분이었다.

　－어? 몸 된 주인, 왜 그래?

　'기, 기력이 없어.'

　－그래? 잠시만…….

　순간, 단전이 묵직해지는 느낌이 든다 싶더니, 프라나가 의념을 전해 왔다.

　－몸 된 주인, 차크라의 진원이 손상되기 직전이다.

　'엥? 그게 무슨 말이야?'

　－일단 지금 컨디션이 어떤지 자세히 말해 봐.

　'그게…… 심장의 펌프질이 멈추는 기분이랄까?'

　－뭐? 그 정도야?

　'그 정도라니! 처음 있는 일이라 감이 안 잡혀. 근데 어째 되묻는 뉘앙스가 요상하다?'

　－으으음.

　'뭐야, 그게?'

　－아무것도 아냐. 암튼 펌프질이 약해지는 기분이라며?

　'그래, 금방이라도 온몸이 삐걱댈 것 같은 기분이긴 해.'

　－젠장 할.

'설마 내게 문제가 생긴 건 아니겠지?'

ㅡ그건…… 시간이 지나 봐야겠지.

'문제가 생겼다면 각오해야 할 거다.'

움찔!

'방금 움찔했지?'

ㅡ내가?

'그래, 방금.'

ㅡ에이, 천만에. 아무래도 차크라의 공급에 문제가 생긴 것 같다.

'내게도 영향이 와?'

ㅡ그걸 말이라고? 아무래도 일부이긴 하지만 내 분신을 잃은 게 영향을 미친 것 같다.

'그런 건 조절이 안 돼?'

ㅡ돼.

'근데?'

ㅡ몸 된 주인이 캡슐슈트를 병행했잖아?

'아…….'

말이 된다.

캡슐슈트 수법인 투명화가 차크라를 엔간히 잡아먹었어야지.

ㅡ안 되겠다. 너무 무리한 것 같다. 어디 조용한 데 가서 좀 쉬자. 그런 다음 차크라를 운기해. 복구하려면 최소한 주

야로 3일은 전념해야 할 거다.

'어딜 가지?'

─그 카페로 가.

'거긴 영업집이라 시끄러울 거야.'

일주일 동안 차크라 수련에 몰두하기 어려운 장소였다.

─호텔로 가든가.

'신사를 없애 버렸는데 조용하겠어?'

─그것도 그렇네.

모르긴 해도 적어도 며칠은 도쿄 전체가 난리 북새통일 것이고 또 살벌한 검문검색으로 인해 제대로 돌아다니지도 못할 것이 빤했다.

특히나 호텔 같은 숙박업소는 가장 먼저 타깃이 되어 샅샅이 훑을 것이 틀림없었다.

사실 지금도 빨리 움직일 필요가 있었지만 전신에 힘이 하나도 없어 생각만 빤했다.

─몸 된 주인, 뭐 잊은 거 없어?

'응? 내가 뭘 잊어?'

─모모…….

'엉? 모모?'

아, 맞다.

모모의 얼굴을 떠올리자, 곧바로 뇌를 강타해 오는 기억.

'아차차!'

툭툭툭!

그제야 생각났다는 듯 자신의 머리를 마구 쳐 대는 담용이다.

'아놔, 연락해 준다는 걸 깜빡했네.'

불현듯 떠오른 모모와의 약속이었지만 너무 늦은 감이 있었다.

'젠장, 이 밤이 가기 전에 연락해 주겠다고 했는데…….'

진짜 깜빡했다.

'많이 기다렸겠는걸.'

그런데 시간이 지났음에도 모모에게서 연락이 없는 걸 보면 그쪽에서 포기했을 수도 있겠다 싶었다.

의뢰 건이라서 더 그런 생각이 들었다.

'그래도 연락은 해 줘야겠지?'

모모의 정체는 은밀하게 전승되어 온 닌자의 일족이라고 했다.

담용이 혹한 이유는 정보에 특화된 조직이라는 데 있었다.

시로(흰색)와 쿠로(검정색)가 그것으로, 모모는 그중 시로였다.

즉, 정보를 사고파는 정보 상인이라는 뜻인데, 더 이상은 말하지 않아, 이 정도가 담용이 아는 전부였다.

확실한 것은 당장에 해가 될 만한 조직이 아니라는 것.

의뢰비는 5천만 엔.

아마도 야쿠자와 관련된 청부일 것으로 예상됐다.

'일단 전화부터······.'

—이봐, 몸 된 주인.

'응?'

—모모에게 잠시 의탁해 보는 건 어때?

'뭐?'

전혀 생각지 않았던 부분이라 담용이 지레 머리를 저어 댔다.

'그건 곤란해.'

—어째서?

'거긴 여자들만 있는 곳이야.'

—배부른 소리 하고 자빠졌네.

'어? 너······ 그런 말 어디서 배웠어?'

—몸 된 주인한테서.

'아, 그렇지.'

담용은 프라나가 자신의 모든 과거지사는 물론 생각하는 것까지 전부 꿰고 있음을 깜빡했다.

'쩝, 이거야 원······.'

앞으로는 재미없게 바른 생활 사나이로만 살아가야 하나 보다.

—몸 된 주인, 어차피 이번 건은 바람 한번 불었다고 식을 사건이 아니야. 그러니 잠시 몸을 추스르면서 추이를 보는

게 어때?

'안 그래도 그럴 생각이다. 근데 부탁하기가 좀 난감하긴 해.'

－전번에 자기 집에서 머물러도 괜찮다고 한 걸로 기억하는데?

'헐, 순진하긴. 그 말을 곧이곧대로 믿냐?'

－여자지만 성격이 아쌀하더구만. 그냥 한 말이 아니었어.

'아, 알았어. 일단 말이나 건네 보지 뭐.'

－아, 아…… 대화혼이여ー! 이대로 대일본의 정신이…….

담용은 영민함은 무뎌지고 감정만 고조되어 가고 있는 아나운서의 울음 섞인 말투를 뒤로하고 식당을 나섰다.

마침 공중전화가 바로 앞에 있었다.

－몸 된 주인, 그냥 갈 수 없잖아?

'뭔 소리야?'

－이봐, 뭐라도 사들고 가야 하지 않겠냐고?

'돈으로 해결하면 돼.'

－쯧, 진짜 뭘 모른다니까.

'내가?'

－그래, 생각을 해 봐. 이대로라면 먹을 것과 마실 것이 동이 나지 않겠어?

'설마? 고작 신사 하나 사라졌다고 그런 일이 벌어질까?'

─그 신사가 일본인들의 정신적 지주니까 그렇지. 쉽게 말하면 일종의 정신적 마약이라고 여기면 돼.

'정신적 마약이라…… 표현 한번 멋지네.'

─난 고귀하니까.

'풋!'

─어? 비웃었어?

"아니, 비웃긴. 그러니까 프라나 네 생각은 곧 지진이나 전쟁에 버금가는 난리 북새통이 일어날 거란 말이지?"

─틀림없다. 다만 그 시일은 길지 않을 테지만, 당분간이라도 일주일은 갈걸.

'흠, 그래서 먹을 걸 미리 확보해 놓자?'

─빙고. 세 사람이 지낼 일주일 분량 정도는 준비해야 할 거야.

'성가시군. 담을 것도 없고…….'

─푸훗! 뭘 고민해? 그냥 나디를 시키면 될 걸 가지고.

'뭐? 훔치잔 말이야?'

─잠시 빌린다고 생각해. 생필품을 많이 사다가 얼굴이 팔리기라도 하면 곤란하잖아?

'헐, 할 말 없게 만드네.'

─아! 저기 편의점을 쓸어 가면 되겠네. 곧…… 축…… 늘어질 텐데 어서 움직여.

'뭐라고? 못 들었어. 다시 말해 봐.'

─난 리바이벌 같은 거 안 한다.

'쳇!'

─삐치지 마라. 별로 중요한 말도 아니었으니까.

'중요한 말 같았는데…….'

─아니라면 아닌 거야. 빨리 움직이기나 해. 곧 놈들이 바리케이드를 치고 검문에 들어갈 거라고.

'알았어. 대신 프라나, 네가 털어 와.'

─몸 된 주인, 난 고귀한 존재다. 그런 일은 나디로 충분하다.

끄응.

담용은 어쩔 수 없이 나디에게 의념을 전했다.

'나디, 부탁해.'

울렁. 울렁. 울렁. 울렁.

나디가 기뻐하며 방방 뛰는 것이 격하게 전해져 왔다.

동시에 정수리에서 미미한 기운이 빠져나가는 느낌이 들었다.

'프라나, 넌 이 깃발 좀 꽂고 와라.'

담용이 작대기에 돌돌 말아 놓은 깃발을 손바닥에 올려놓았다.

─이건…… 또 뭔데?

'뭐긴? 지옥유령이지.'

－괜찮을까? 지금 컨디션 별로잖아? 그러다 잘못되는 수가 있다구!

'나도 알아. 이건 경고장에 불과하니 힘쓸 일이 없어.'

－그래? 어딘데?

'고쿄. 일본 왕이 사는 곳이다.'

－어디다가 꽂아? 정문?

'아니, 사람들의 통행이 많은 곳이면 더 좋지.'

－그렇다면 전철역이네.

'맞아. 오테마치역이라면 고쿄 지척이니 그곳에다 꽂아놔. 찾아갈 수 있지?'

－프라나는 고귀한 존…….

'아, 됐고. 경고 정도는 미리 해 놔야 애먼 사람들이 안 다치지.'

－그냥 싹…….

'어허!'

찔끔.

고쿄는 일왕 가족이 실제로 거주하는 곳이다.

일왕 가족이라면 강제합방과 전범의 후손이라 죽어도 상관없지만, 거기서 종사하는 사람들이 적지 않았다.

그들까지 희생물로 삼고 싶진 않은 담용이었다.

아마도 경고 깃발이 발견된다면 그 즉시 경계가 엄청나게 삼엄해질 것은 불을 보듯 빤했다.

그 틈을 타서 도쿄박물관을 털 작정을 한 담용이다.

고쿄야 언제든 소멸시킬 수 있으니 급할 건 없었다.

'갔다 오는 데 얼마나 걸리겠냐?'

-잽싸게 댕겨 올게.

'그래, 나 지금 무지 피곤하거든.'

사실 금방이라도 쓰러질 것같이 기운이 없는 상태였다.

-내가 빠져나가도 견딜 수 있겠어?

프라나도 담용의 상태가 심각하다는 것을 느낀 모양이다.

'견뎌 봐야지. 나도 너 없으면 못 살아.'

-우워, 나 감격 먹었어.

'어서 가!'

꾸울렁.

'으윽!'

뭉텅이로 사정없이 빠져나가는 기운.

띠-잉.

현기증이 한꺼번에 몰려들면서 하체에 힘이 쭉 빠졌다.

'으으……'

덜덜덜…….

몇 발자국 앞에 있는 벤치까지 가는 데도 다리가 달달 떨렸다.

털썩!

'젠장 할. 이러다가 허풍만 날리는 건 아닌지…….'

미지의 기운이 자리 잡은 이후, 처음 있는 일이었다.

'끄응, 회복되려면 시간이 제법 걸리겠는걸.'

억지로 몸을 일으킨 담용이 공중전화 부스로 걸어갔다.

비칠비칠.

거리는 느닷없는 사태 때문인지 번잡스러워지기 시작했다.

그새 공중전화 부스도 꽉 차 버려 겨우 빈 곳을 찾아 비집고 들어갔다.

얼핏 듣기에 '간단하게 짐을 싸 놓으라'는 통화가 대부분이었다.

'훗, 이건 시작에 불과할 뿐이라고.'

미스터리 오컬트

뒤척뒤척.

베개를 끌어안은 채, 사방으로 몸부림을 쳐 대는 모모는 잠버릇이 고약했다.

그 탓에 가는 끈 원피스 잠옷 자락이 말려 올라가 팬티가 훤히 드러났다.

그렇게 고혹적인 자세로 몇 번을 뒤척이던 모모가 어느 순간, 게슴츠레 눈을 뜨더니 중얼거렸다.

"우웅, 내 이래서 밤에 마시는 맥주는 도움이 안 된다고 그렇게 일렀건만……."

어젯밤 늦게, 아니 새벽까지 난희와 같이 마신 맥주로 인해 팽팽해진 방광이 단잠을 깨워 버린 것이다.

'하여튼 난희 요년은 도움이 되는 일이 별로 없다니까.'

짜증이 치민 표정이 역력한 모모가 머리맡 협탁에 놓인 시계를 확인했다.

'6시 5분 전…….'

출근해야 할 마땅한 직장도 없는 탓에 아직 기상하기에는 어정쩡한 시각이었다.

평소에는 8시나 돼야 잠에서 깨는 그녀다.

'아, 더 자야 되는데…….'

피부가 상할까 싶어 참아 볼까 했지만, 방광이 부풀대로 부풀어 올라 있어 더 견디기가 힘들 것 같았다.

'아쒸, 귀찮아.'

문득 드는 생각은 혹시라도 방광 벽으로 요산이라도 새게 되면 자신만 손해라는 것.

그럴 경우 피부 따위가 문제가 아니었다.

'에이 씨, 잠이 다 달아났네.'

눈을 비벼 눈곱을 뗀 모모가 벌떡 일어나서는 침상을 벗어나 거실로 나갔다.

잠시 후, 시원하게 볼일을 보고 나온 모모가 난희가 잠든 방문 앞에서 잠시 머뭇거리더니 주방으로 향하며 중얼거렸다.

"더 자게 냅두자. 난 우아하게 모닝커피나 한잔해 볼거나."

그새 잠은 다 달아난 탓에 진한 커피로 텁텁해진 입안이나 정화시킬 작정을 한 모모였다.

커피 드리퍼에 어제 마시다 남은 커피가 있었기에 데우기만 하면 됐다.

"근데 밖이 좀 소란스러운 것 같은데?"

궁금증을 이기지 못하고 베란다 쪽으로 가서 문을 연 모모가 머리를 쭉 내밀어 아래를 내려다보았다.

11월 중순이라 아직은 희뿌연 여명인 시각.

모모가 사는 오피스텔은 10층 건물 중 8층이라 웬만한 건물은 내려다볼 수 있는 높이였다.

"에? 사람들이 왜 저리 바삐 다니는 거지?"

이른 시각이라 행인은 많지 않았지만, 몇몇 사람들이 언뜻 보기에도 종종걸음을 걷거나 달리는 모습이 눈에 들어왔다.

"무슨 일이지?"

호기심이 동했지만 금세 인적이 끊어져 흥미가 사라진 모모가 베란다 문을 닫으려 할 때, 둔탁한 소음이 들려왔다.

두다다다다…….

"엉?"

고개를 들어 하늘을 올려다보니 허공 저 멀리 점멸하는 빨간 불빛들이 눈에 들어왔다.

'헬기?'

그것도 네 대가 줄지어 날고 있었다.

"이 시간에 웬 헬기들이야, 시끄럽게. 지진이라도 난 거야, 뭐야?"

지진의 징조를 전혀 느끼지 못했던 모모는 헬기가 시야에서 사라지자 문을 닫았다.

스르륵. 탁!

다시 주방으로 향한 모모가 벽에 부착된 시계를 확인했다.

06시 16분.

"이수 씨는 생각이 없나 보네."

행여 연락이 올까 싶어 새벽 2시까지 맥주를 마시며 기다리다가 잠이 든 터였다.

"아냐, 휴대폰이 없으니 확인할 길도 없고…… 되게 갑갑하네, 정말."

모모가 다 끓은 커피를 머그잔에 따르고는 소파에 가서 쪼그리고 앉았다.

커피를 한 모금 마신 모모가 한숨을 내쉬고는 중얼거렸다.

"에효! 노디한테 큰소리 뻥뻥 쳐 놨는데…… 이제 어떡한다?"

호로록.

"도라곤에다 주문을 넣어야 하나?"

도라곤은 일본 내 중국계 폭력단이다.

절레절레.

"거긴 이케다 쯔네를 감당한 실력자가 없어. 뭐, 중국 본

토에서 고수를 초빙해 온다면 또 다르겠지만…….”

하지만 그리 한가하게 기다릴 시간이 없다는 게 문제다.

모모가 옆에 놓인 리모컨으로 TV를 켰다.

투타타타타…….

“어? 이건 또 뭔 소리야?”

갑작스럽게 들려오는 요란한 소음은 TV에서 나는 소리였
다.

휘둥그레진 모모의 눈에 야스쿠니신사의 제2도리이가 들
어왔다.

―……도리이와 제2도리이만 남기고 모두 증발했습니다. 영새부
봉안전 역시 흔적도 없이 사라져…….

삐뽀. 삐뽀. 삐뽀.

―아, 지금 막 구급차가 도착했습니다. 방독면과 방진복으로 완전
무장한 구급대원 세 명이 쓰러진 나가요시 케이타 씨에게 다가가고
있는 모습입니다. 제발 아무런 일이 없기를 바라고 또 바랍니다.

“뭐? 나가요시 케이타라고?”

아는 사람의 이름이었던지 모모가 벌떡 일어나 TV 앞으
로 바짝 다가갔다.

"저, 저놈…… 극우 꼴통이잖아?"

화면이 선명했던 덕에 구급대원들이 산소호흡기를 씌우기 전에 나가요시의 얼굴이 그대로 드러났다.

"저긴 야스쿠니신사 같은데…… 건물은 어디 가고 왜 죄다 새까맣지?"

얼핏 보기에도 마치 까만 재가 눈처럼 내려앉은 것 같은 모습이었다.

"근데 이게 다 무슨 일이야?"

모모는 자신이 잠든 사이 충격적인 일이 발생했음을 직감하고는 채널을 다른 곳으로 돌렸다.

"옴마! 여기도?"

송출하는 화면이 방금과 다름없어 다시 채널을 돌려보았지만, 역시나 마찬가지였다.

방송은 하나같이 전쟁의 폐허가 된 모습인 야스쿠니신사를 비추고 있었던 것이다.

"세상에나…… 대체 뭔 일이라니?"

뭔가 일본이 뒤집어질 만한 일이 벌어진 게 분명했다.

그때, 그녀의 휴대폰이 울렸다.

띠로롱. 띠로로롱.

턱.

"뭐야? 공중전화…… 이수 씨?"

발신번호가 이상했지만 대번에 든 생각은 박이수의 전화

라는 직감이었다.

"아, 여보세요? 이수 씨?"

─모모, 접니다.

"아, 많이 기다렸어요."

─미안해요. 연락이 좀 늦었어요.

"괜찮아요. 지금 어디……?"

─부탁이 있소.

"부탁요?"

─흠.

"뭐든 말씀해 보세요. 제가 할 수 있는 거라면 들어드릴게요."

─아무래도 신세를 좀 져야 할 것 같소.

"신세라면…… 아! 머물 곳 말이죠?"

─그렇소.

"되고말고요. 지금 거기 어디에요?"

─쇼탱가 거리에 있는 식당이오.

"아, 거기서 아침 식사를 한 거예요?"

─그렇소.

"그럼…… 거기 가만히 계세요. 제가 데리러 갈 테니까."

─그럴 것 없이 택시를 타고 가겠소. 칸다역 근처라고 했지요?

"그, 그래요."

-거기 내려서 다시 전화하지요.

"그보다 택시를 잡으면 기사의 휴대폰으로 전화를 주세요."

-그러지요.

"자, 잠시만요. 지금 밖의 상황이 어때요? 창밖을 내다보니 좀 소란스러운 것 같은데……."

-뉴스를 보면 금방 알 수 있을 거요.

"잠깐 보긴 했는데, 황국신사가 사라지고…… 사람도 다치고…… 진짜예요?"

-그 문제는 만나서 얘기하죠. 좀 피곤해서요.

"아! 내 정신…… 이수 씨는 괜찮아요?"

-지금은 괜찮지만 잠시 후에는 어찌 될지 모르겠소.

분위기가 험악해질 수 있다는 뉘앙스에 모모의 마음이 다급해졌다.

"아! 빠, 빨리 택시를 잡아요. 서두르세요."

-이따 봅시다.

탁!

폴더를 접은 모모가 휴대폰을 내던지고는 리모컨으로 TV 볼륨을 키웠다.

투타타타타…….

헬기의 요란한 로터음이 먼저 들려오고, 화면은 야스쿠니 신사 상공을 선회하며 반복해서 송출하고 있었다.
　동시에 비통한 아나운서의 음성이 뒤를 따랐다.

　─오늘날까지 일본을, 아니 일본의 혼을 수호해 왔던 황국신사이자 호국신사가 하룻밤 사이에 소멸되는 대재앙이 벌어지고 말았습니다. 동시에 일본의 번영과 영광을 키워 왔던 야스쿠니의 신들도 사라졌습니다. 영새부봉안전의 신령들 역시 소멸됐는지 그 어디에도 흔적이 없습니다. 그야말로 미스터리 오컬트가 아닐 수 없어 통렬하고도 비통한 심정입니다.

　"미스터리 오컬트라…… 저게 사실이라면 딱 들어맞는 표현이긴 하네."
　오컬트란 과학적으로 해명할 수 없는 신비적, 초자연적 현상을 두고 일컫는 용어이니 틀린 말도 아니었다.
　"와아! 신사가 사라졌다고? 말도 안 돼!"
　뭐, 세상에는 가끔이긴 하지만 말도 안 되는 일들이 일어난다지만 물경 3만 평에 달하는 신사가 통째로 없어지다니 이건 상상 불가였다.

　─울창한 숲과 장엄하고도 굳건한 모습으로 붉은 태양 아래 찬연히 빛나고 있어야 할 황국신사는 오늘 아침 탁하고도 진한 잿빛의

새벽을 맞이하고 있습니다. 과연 인재일까요, 자연재해일까요? 그도 아니라면 지난 밤새 하늘에서 운석이라도 떨어진 것일까요? 운석이 떨어졌다면 반드시 있어야 할 크레이터가 보이지 않습니다. 도대체 무슨 이유 때문일까요? 국민 모두가 궁금해하는 일일 것입니다. 잠시 후, 원인을 밝히기 위해 과학기술정책담당부서의 책임자와 자리가 마련되는 대로 얘기를 나눠 보도록 하겠습니다.

"혹시 몰래카메라 아냐?"
당연히 아닐 것이다. 말이 되는 얘기라야 말이지.
헬기까지 동원해서 프로그램을 짜는 거야 그렇다고 해도 그 넓은 신사를 컴퓨터 그래픽으로 꾸며 시청자들을 현혹하는 것은 절대 만만하지가 않았다.

―그리고 다시 한번 말씀드립니다만 국민 여러분께서는 절대! 황국신사를 방문해서는 안 된다는 것을 알려 드립니다. 그 예로 황국신사로 들어갔던 나가요시 케이타 씨가 지금 인사불성인 상태라고 합니다. 독에 중독됐을 것으로 예상했습니다만 현재로서는 원인을 알 수 없다고 합니다.

"하아! 아무리 봐도 거짓말 같아."
어제저녁에만 해도 멀쩡했던 신사가 하룻밤 새에 흔적도 없이 사라졌다?

바인더북

'이걸 나더러 믿으라고?'

그런데 현실이 그렇게 말하고 있으니 믿지 않을 수도 없다.

'이수 씨가 빨리 와야 할 텐데…….'

불현듯 역사책에서나 봤던 관동대지진 때의 참혹했던 일들이 떠올랐다.

자칫 그때처럼 폭동이 일어날 수도 있어 적이 걱정되는 모모다.

행여나 당시처럼 조선인들, 아니 자신이나 난희가 피해를 입지 않을까 은근히 염려가 됐다.

"에이, 시대가 어느 땐데…….'"

절레절레 머리를 흔들어 강하게 부정하며 도리질을 했다.

"고베지진 때는 괜찮았잖아?"

5년 전인 1995년 1월의 고베지진도 꽤 강력해서 많은 피해가 났지만 관동대지진 때처럼 말도 안 되는 일은 일어나지 않았다.

"뭐, 모르지. 미신을 광적으로 추앙하는 일본인들이니…….'"

하다못해 요괴도 신으로 섬기는 일본인들이라 냉철한 이미지 뒤에 숨은 충동성이 어디로 튈지 몰랐다.

특히나 야스쿠니신사가 사라진 사건 같은 것은 훌륭한 빌미가 될 수 있었다.

"하아, 조심해야겠는걸."

그새 다 마셔 버린 머그잔을 들고 일어선 모모가 주방으로 향하다가 전신 거울에 비친 자신을 얼핏 보고는 멈춰 섰다.

그 순간, 모모의 입이 딱 벌어졌다.

"악!"

새된 비명과 동시에 모모가 고함을 질렀다.

"안 돼에에……! 이런 처참한 모습을 보여 줄 수는 없어! 아아악!"

와다다다닥.

비명을 있는 대로 지르며 자신의 침실로 향하던 모모가 멈칫했다.

"아참! 난희……."

그 즉시 방향을 바꿔 난희의 방문을 막무가내로 열고 쳐들어간 모모가 호들갑을 떨어 댔다.

"나, 난희야! 빠, 빨리 일어나!"

"우우웅, 나 좀 내비 둬. 더 잘래."

"이년아, 지금 그렇게 한가하게 늘어져 있을 때가 아니라고!"

"아, 왜에? 나 졸리단 말야. 더 잘 거야."

"에고, 이것이…… 지금 세상이 어떻게 돌아가는지도 모르고…… 빨리 안 일어나!"

퍽퍽퍽퍽.

"악! 악! 이씨, 아프다고—!"

"이것아, 지금 야스쿠니신사가 없어졌다고 뉴스에서 난리란 말이다!"

"아, 언니, 거짓말도 정도껏 좀 해라. 유치하게시리."

"진짜라니까! 일어나서 직접 확인해 보면 알 것 아냐?"

"아, 관심 없어. 야스쿠니가 없어지든 말든 나하고 뭔 상관이라고……."

그러고는 홱 돌아누워 버리는 난희다.

'하! 요년 봐라. 흥! 그렇다고 방법이 없는 것은 아니지.'

"지금 이수 씨가 우리 집으로 오고 있는데도?"

"누가 오든 오면 오는 거…… 뭐어?"

심드렁한 어투로 말하던 난희가 갑자기 상체를 반쯤 일으키며 급히 되물었다.

"바, 방금 뭐라고 했어? 누, 누가 온다고?"

"박이수 씨가 곧 방문한다고 했다, 왜?"

벌떡!

"뭐어? 지, 진짜?"

"그래, 이년아."

"옴마야! 이수 씨가 갑자기 여길 왜 와?"

"신세 좀 지겠단다."

"신세를 져? 그, 그래서! 오라고 했다고?"

"응, 그러라고 했지."

"옴마나! 진짜로?"

"진짜지 그럼."

"지금 나 깨우려고 공갈치는 거지?"

"노오! 네버! 잘 데가 없다는데 어떡해? 너 같으면 거절하 겠어?"

"하! 지, 진짜구나?"

"그렇다니까."

"어머! 어머! 나, 어떡해?"

"어떡하긴? 야시시하고 좋네. 눈곱만 떼고 맞으면 딱이겠 다. 야."

"우씨…… 언제쯤 도착하는데?"

"빠르면 5분 정도? 늦어도 10분일걸."

"미쳤어! 미쳤어! 갑작스럽게 이러면 안 되는 거잖아?"

"뭐, 어때? 생얼을 리얼하게 보여 주는 거지."

"그건 언니 얘기고."

"헹, 잘됐네. 이수 씨가 지금 네 모습을 보고 정나미 뚝 떨 어지면 내가 인터셉터하면 딱이지. 콜?"

"뭐래, 이 여자가?"

"난 분명히 깨웠다. 나중에 딴소리하지 마."

"히잉, 머리도 엉망이고, 얼굴도…… 어떡해, 어떡해."

후다다닥!

"야! 화장실은 내가 먼저라고!"

"지금 양보할 시간이 어딨어? 글고 언닌 그냥 맞이한다며?"

쾅.

방문을 박차고 바쁘게 거실로 나가던 난희가 우뚝 멈추더니 곧장 돌아섰다.

"그러고 보니…… 뭐야, 그 야한 차림은?"

"왜? 이게 어때서?"

"깊은 가슴골에다 속살까지 다 비치고…… 너무 야한 거 아냐?"

"이래야 꼬이지 않겠어? 네가 한번 봐 줄래?"

말이 끝남과 동시에 두 손을 허리에 척 올린 모모가 한 바퀴 빙 돌았다.

"어때? 유혹적이지?"

그렇게 말하고는 곧 왼 다리를 굽히더니 까치발을 했다.

이어서 허리를 곧추세워서는 상체를 쭉 폈다.

턱은 도도하게 내밀었고, 눈은 게슴츠레 뜨고는 기어이 윙크까지 한 방 발사했다.

"호홋, 어떠니? 야시시한 시스루 잠옷에 이 정도 몸매라면 넘어오지 않겠어?"

"이게…… 확! 누굴 꼬이려고? 아예 치마까지 걷어 올리지 그래?"

난희가 이를 앙다물며 불끈 쥔 종주먹을 내밀었다.

"이것아, 이수 씨는 아직 임자가 없는 사람이라구. 먼저 낚아채서 품는 사람이 임자 아니겠어?"

"흥! 꿈도 꾸지 마. 이수 씨는 내 거야."

와락!

"안 되겠어, 언니도 같이해!"

난희가 모모를 강제로 끌어안으며 욕실로 끌고 들어갔다.

"야! 난 누구랑 같이 못 씻어!"

"그걸 말이라고! 어림도 없다!"

"이년아, 청소부터 해야지!"

"시끄러워! 정적이 될지 모르는 판에 뭔 청소 타령이야?"

"야! 이수 씨가 앉을 자리는 만들어 놔야지!"

"시끄! 언능 안 들어가!"

퍽!

"앗! 이년이 어딜 차고 지랄이야?"

모모의 엉덩이를 발로 차 대며 욕실 안으로 떠민 난희가 문을 닫았다.

쿵!

"옴마, 옴마나! 이수 씨, 이수 씨!"

"이, 이게 뭔 일이에요?"

택시 기사의 전화를 받고 부랴부랴 내려온 모모와 난희는 택시 안에서 정신을 못 차리고 축 늘어져 있는 담용을 보고는 난리 법석을 떨어 댔다.

"아저씨, 이 사람 왜 이래요?"

"나도 모르겠소. 전화번호대로 통화해 보라고 하고는 도착할 때까지 내내 이 모습이었소."

"혹시 이상한 짓 한 거 아니에요?"

"어이쿠! 천만에요. 난 손님을 이곳까지 모시고 온 죄밖에 없소이다. 그리고 이 늙은이가 뭔 힘이 있다고 건장한 젊은이를 해코지하겠소."

모모의 말에 화들짝 놀란 운전기사가 도리질을 쳐 대며 극구 아니라고 항변했다.

"아니, 어제까지만 해도 튼튼했던 사람이 갑자기 이러니까 그러죠."

"병원으로 가겠다면 모셔다 드리겠소. 어서 타시구랴."

"언니, 이수 씨가 정신을 차리나 봐."

"아! 이, 이수 씨? 내 말 들려요?"

톡톡톡.

모모가 뺨을 몇 번 두드리자 가늘게 눈을 뜬 담용이 어렵사리 입을 뗐다.

그새 입술이 비쩍 마른 나뭇가지처럼 바짝 말라 있었다.

"조용히 날 좀 데려다가 쉬게 해 줄래요?"

"아, 네, 그, 그러죠. 아이고, 놀래라. 난희야, 네가 왼쪽 편에 어깨를 집어넣어."

"응."

"아저씨, 수고하셨어요. 여기 택시비예요."

"630엔입니다."

"거스름돈은 팁이에요. 고마워요. 난희야, 뭐 해? 힘주라니까!"

"힘주고 있어."

"끄응차!"

"아, 무겁네."

"이수 씨, 정신 차려요!"

"소용없어. 또 인사불성이야."

"어서 가!"

"대체 무슨 일이래?"

"난들 알겠니?"

담용이 모모의 집에 도착하고 1시간이 지났을 즈음 일본 내각총리실로 각료들이 긴급히 소집되고 있었다.

어제 난데없이 들이닥친 재앙 때문인지 총리실에서 보는

하늘은 청명하지 못했다.

아니, 청명하기는커녕 어제의 사건으로 촉발된 어수선한 분위기를 아는지 회색빛으로 죽어 있다는 게 맞았다.

회색빛 하늘처럼 석고상처럼 굳은 표정인 모리 게이조 현 내각수반은 빠른 걸음으로 회의실로 바쁘게 들어서는 각료들을 훑어보고 있었다.

모리 수상이 시선을 돌려 회의실 한쪽 구석에 비치해 놓은 시계를 확인하니, 06시 5분 전을 가리키고 있었다.

모리 수상이 각료들에게 집합 완료를 원한 시각은 정각 6시였다.

시각이 임박하자, 복도가 발소리들로 소란해졌다.

이어 잠시 후 각료들이 한꺼번에 들이닥치느라 회의실까지 수선스러워질 즈음, 시계는 정각 06시를 가리키고 있었다.

각료들은 중앙에 앉은 모리 수상에게 간단히 묵례로서 예를 표하고는 각자의 자리에 앉았다.

대동해 온 참모들도 뒤쪽에 마련된 자리에 착석했다.

그런데 각료들도 그랬지만 참모들의 발치에는 참고 자료들이 수북이 쌓여 있었다.

몇몇 자리를 제외하고는 자리가 대부분 찬 것을 확인한 총리비서관이 회의를 진행하기 시작했다.

"성원이 되었으므로 제○○차 임시각료회의를 시작하겠습

니다. 국기의 대한 의례가 있겠습니다. 자리에서 일어나 주십시오."

그렇게 약식으로 요식행위를 거친 후, 본격적인 안건에 들어가자, 모리 수상이 대뜸 누군가를 호명했다.

"요시다 대신, 뭐 좀 알아냈소?"

뜬금없는 물음이었지만 각료들은 지금 어떤 주제를 가지고 논의하는지 잘 알고 있었다.

호명을 받은 과학기술정책담당대신인 요시다가 자리에서 일어섰다.

"수상 각하, 지금까지 각 분야의 석, 박사들을 긴급히 동원해 면밀히 조사해 보았지만, 현재 시각까지 아무것도 알아낸 게 없음을 보고드리는 걸 용서하시기 바랍니다."

"어허!"

"정말…… 유감입니다."

"화재가 난 게 아니란 말이오?"

"화재라고 하기엔 탄화된 성분이 전혀 나타나지 않았습니다."

"딱 봐도 화재의 잔재인데 아니었소?"

"그렇게 보이지만 전혀 다릅니다. 목재 성분이라는 것 외에는 밝혀진 게 아무것도 없습니다."

"향후로도 밝혀질 가망은 없는 거요?"

"계속해서 조사해 봐야지요. 그러나 현재로선 그 어떤 화학적 반응도 드러나지 않고 있는 상황입니다. 그렇다 보니 원인을 알아내는 것이 늦어지고 있습니다. 일단 여기 채취해 온 시료를 한번 보시지요."

요시다 대신이 눈짓을 하자, 미리 고무장갑을 끼고 대기하고 있던 참모가 투명한 정육면체 유리 상자를 들고는 자리를 이동했다.

딱 봐도 야스쿠니신사에서 가져온 검은 재로 보였다.

아직 아무런 실적이 없었던 탓에 그냥 참석하기보다는 전시 효과를 노리고 시료를 채취해 담아 온 터였다.

"상자는 밀폐되어 있지만, 절대 만지려 들거나 코를 갖다 대는 일이 없도록 유의해 주시기 바랍니다."

"흠, 내 눈에는 그냥 밀짚을 태우고 남은 재 같소만……. 아! 그보다는 색이 좀 더 진하다고 봐야 하나?"

"맞습니다. 색깔이 진하기도 하지만 일반 재보다 적어도 열 배는 더 무겁다는 사실을 알아냈습니다."

"열 배씩이나요?"

"확실히 그런 결과가 나왔습니다."

"그렇다는 뜻은…… 저절로 없어지기는 어렵다는 것 아니오?"

"불행히도요. 먼지처럼 고운 가루라 일일이 치우지 않는 한 태풍이 몰아칠 경우에야 휘날려 사라질 것으로 예상됩니다."

"허얼, 지금은 막 겨울로 접어든 시기요. 태풍이 오기까지는 10개월 가까이나 남았는데…….."

"그 점은 잘 알고 있습니다. 다행인지 불행인지는 모르겠지만, 웬만한 강풍이 불지 않고는 휘날리거나 하지 않을 겁니다."

"아, 당장은 다른 장소로 파급되는 일이 없을 거란 말이오?"

"그렇습니다. 물론 만에 하나를 위해 황국신사 전체를 덮을 만한 방수포를 준비해야 하는 것은 당연한 일이고요."

"흠, 그 말은 전염성이 있다는 게요?"

"불행히도 검은 재와 닿게 된다면 그럴 확률이 매우 높습니다. 그 예로 회의에 참석하기 전에 보고를 받은 게 있습니다."

"어떤 내용이오?"

"오늘 새벽 NHK에서 중계한 화면을 보셨다면 아시겠지만 영새부봉안전으로 들어갔던 청년이 있었습니다."

"아, 알고 있소. 나가요시 케이타란 청년 말이지요?"

"회의 시작 전에 도쿄대 병원에서 연락을 받았는데, 그 청년이 숨졌다고 합니다."

"어허! 저런!"

웅성웅성.

"증세는, 아니 병명은 뭐였소? 혹시 중독?"

절레절레.

"중독 현상은 그 어디에서도 발견되지 않았다고 합니다. 증세 또한 발작하거나 피부 발진 혹은 그 비슷한 증상도 없었다고 합니다. 그래서 부모의 동의를 받는 즉시 부검에 들어갈 예정이라고 합니다."

"거참, 중독 증상도 없이 그럴 수도 있는 게요?"

모리 수상의 물음에 다시 한번 도리질을 한 요시다 대신이 말했다.

"현재까지 정확하게 판단을 내린 것은 검은 재와 접촉하면 안 된다는 것뿐입니다. 그래서 인력을 동원해 치우기도 어렵습니다."

"크흠."

"그나마 다행인 점은 검은 재가 신사 전체에 걸쳐 있다기보다 배전과 본전 그리고 영새부봉안전 같은 목재 시설에 집중되어 있다는 것입니다."

"하면 도리이나 동상 같은 구조물은 이상 없단 말이오?"

"그뿐만 아니라 유슈칸도 재질이 목재인 것 외에는 멀쩡하다고 합니다."

유슈칸은 야스쿠니신사 내에 있는 전쟁박물관이었다.

신성시하는 신사에 웬 전쟁박물관이냐고?

바로 야스쿠니신사 자체가 군국주의의 상징이자, '전쟁의 신'을 숭배하는 장소이기 때문이다.

요시다 대신의 말이 계속 이어졌다.

"또 하나 다행인 점은 신사의 담장이 검은 재가 날리지 않게 바리케이드 역할을 하고 있다는 것입니다."

"그 점은 다행이로고."

"문제는 검은 재가 기존에 알려진 지구상의 물체나 생명체의 성분과는 화학, 물리적으로 다른 반응을 보인다는 것입니다."

"거, 기괴한 일이로군. 미국이나 유럽 각국의 석학들에게 의뢰를 넣어 보았소?"

"아직…… 우리 일본도 그들 못지않게 앞서 있는 분야라서요."

"흠, 그래도 협조 공문을 넣어 보시오. 이미 소문이 날 대로 나 있어 숨길 일도 아니잖소?"

"알겠습니다."

"다른 내용은 없소?"

"저…… 궁사宮司의 의견이 있었습니다."

궁사는 신사의 총책임자를 말했다.

"아! 뭐라고 했소?"

"참고만 하십시오. 궁사는 검은 재가 합사된 영혼들이 남긴 흔적일 것이라고 했습니다."

"영혼들이 남긴 흔적이라고?"

"궁사로서는 그 외에 달리 표현할 길이 없는지라…… 또 영혼은 애초에 성분이 없다고도 했습니다. 그런 탓에 재료를 정확히 밝히지 못하는 거라고."

신은 믿지만 증명은 과학적 근거에 의한 것을 신봉하는 입장인 각료들이라 궁사의 말은 한 귀로 흘려버리는 기색들이 대부분이다.

"뭐, 궁사 입장에서야 그리 생각하겠지요. 250여 만 개나 되는 신주神主가 사라졌으니, 그런 마음이 드는 건 당연하지 않겠소?"

"이해는 합니다만 동의하기는 어렵습니다."

"그야……."

'나도 그렇다'고 말하고 싶었지만 모리 수상은 혹시라도 그 말이 와전되어 부메랑으로 돌아올까 싶어 참았다.

기자들의 출입을 금했다고는 해도 각료들의 입까지 틀어막을 수는 없었기 때문이었다.

"아참! 신사에서 근무하던 직원들은 어떻게 됐소?"

"안 그래도 말씀드리려 했습니다. 예기치 않은 재앙에 불행한 일이 발생하고 말았습니다."

"아, 아. 저런!"

"네기禰宜 한 명과 곤네기權禰宜 두 명 그리고 미코巫女 네 명, 해서 도합 일곱 명이 행방불명입니다."

네기는 궁사 바로 밑의 부신관이며 곤네기는 보조 신관, 미코는 여신관으로 미혼녀를 말했다.

"행방불명이라면? 역시…… 그렇게 된 거요?"

"그들이 쇠나 돌이 아니다 보니……."

죽었을 거란 얘기.

"으음."

잠시 침음에 잠겼던 모리 수상이 힘없이 입을 열었다.

"요시다 대신은 하루라도 빨리 원인이 뭔지를 알아내도록 하시오. 자칫하다간 머지않아서 큰 피해로 번질지도 모르는 일이니 말이오."

"알겠습니다."

"카타야마 대신."

"하이! 수상 각하."

"내각관방장관께서는 어떤 조치를 취하고 있소?"

"오늘 새벽 5시경에 신사의 사태를 인지하자마자 국가공안위원회의 협조를 얻어 경시청에 비상사태를 발령했습니다. 현재는 신사 주변 1km 이내의 거주민들을 제외한 통행인들의 출입을 전면 엄금한 상태입니다."

"현 거주민들의 조치는요?"

"신사와의 거리에 따라 단계적으로 조치를 취하겠지만, 표준을 정하기가 어려워 난망한 상황입니다."

지진이나 화산 폭발, 전염병 같은 것이 아니었으니 조치를 취할 표준을 정하기가 어려운 건 당연했다.

"표준을 정하기 어렵다라……."

카타야마의 시선이 요시다에게로 향했다.

과학기술정책담당 부서였으니 당연한 반응이었다.

하지만 이미 원인 불명이란 말을 들었던 터라 더 따지고 들 수가 없게 되어 버렸다.

"과학기술정책담당 부서에서 원인 규명을 했다면 그에 따라 상응한 조치를 취하겠지만, 마땅한 근거가 없다 보니 현재로서는 솔직히 난망한 상태입니다. 그래도 표준을 정해야 한다면 지진 발생 시의 매뉴얼에 따라 실행하는 것이 옳을 것 같습니다. 사실 사상 초유의 사태인지라 마땅한 대책 마련이 어려운 상황입니다만, 최선을 다해 시민들의 안전을 챙기도록 하겠습니다. 지금은 이렇게밖에는 말씀드리지 못해 죄송스럽습니다, 각하."

"후우! 뭐, 전무후무한 일이다 보니 나부터가 당황스러운데 어쩌겠소? 일단은 요주의 지역에 출입을 엄금하도록 경계를 철저히 해서 애먼 피해자가 생기지 않도록 하시오."

"하이!"

"본관의 생각에는 국가 재난 사태를 선포할 정도는 아니라고 보는데 어찌 생각하시오?"

"일단은 접촉만 않는다면 전염될 염려가 없다 하니 그 문제는 시기상조라고 봅니다. 다만 한시라도 빨리 매스컴을 통해 국민들의 정신적 타격에 대한 조치가 있어야 한다고 봅니다."

"옳은 말이외다. 그렇지 않아도 회의 도중에도 비서진들이 담화문 초안을 작성하고 있는 중이라오."

"수상 각하, 담화문을 발표하실 때 알 수 없다거나 모른다고만 하면 곤란할 것입니다."

"끙, 뭔 실마리라도 건진다면 본관도 이리 고민하지는 않을 거요. 그렇다고 국민들에게 거짓을 포장해서 진실인 양 말할 수는 없소이다."

"……."

"암튼 최선의 담화문이 작성되길 희망하오. 그보다…… 카타야마 대신, 국민들의 움직임은 어떠하오?"

"후우, 아직은 움직임이 없지만 대체적으로 패닉에 든 상태라고 해도 지나친 말은 아닐 것입니다."

"그 말은…… 사회적 문제를 일으킬 수 있다는 말이오?"

"우리 일본 국민들은 질서를 지키는 데 세계 제일입니다. 그런 일은 일어나지 않을 것입니다."

"그렇게 낙관할 일이 아닙니다."

"응? 요시다 대신, 그게 무슨 말이오?"

"우리 대일본의 정신적 지주였던 황국신사가 붕괴된 대사건입니다. 이는 대화혼이 무너진 것이나 마찬가지란 얘깁니다. 그런고로 틀림없이 어떤 식으로든 무모한 행동에 나서는 사람들이 있을 겁니다. 생각이 전부 같을 수는 없지 않습니까?"

"으으음."

요시다의 말에 카타야마가 깊은 침음을 흘리고는 입을 열었다.

"일리 있는 말이외다. 참고하도록 하겠소. 일깨워 주어 감사하오."

"천만에요. 이번 사건이 어디 한 부서만의 사건은 아니지 않습니까?"

"허헛, 맞소. 본관이 바라는 것도 바로 그 점이라오. 각 부서가 따로 놀 것이 아니라 합심해서 이번 사건에 임해야 한다는 거요."

"수상 각하, 잘 알겠습니다."

"그러려면 합수부를 만들어야지 않겠습니까?"

"아, 그 합수부 문제는 진행 상황을 보고 좀 더 고려해 봅시다. 다음…… 오카다 실장, 내각정보조사실에 잡힌 거라도 있소?"

"수상 각하, 저희 부서 역시 암담하기는 마찬가지입니다."

"흠, 포착된 게 아무것도 없단 말이오?"

"유감스럽게도…… 실로 난감합니다."

각료들이 보는 앞이라 긴장이 되는지 이마를 한번 쓱 훑어내린 오카다가 말을 이었다.

"신사를 샅샅이 뒤져 뭔가를 건져 보려고 했지만, 중앙통제실에 설치된 감시 카메라의 하드디스크까지 파손되어 버린지라 아무것도 건질 수가 없었습니다."

새벽 시간대에 누가 드나들었는지 알 수가 없게 됐다는 얘기.

"허어, 내각정보조사실마저 건진 것이 없다니……."

머리가 지끈해져 왔는지 모리 수상이 이마를 짚었다.

'끄응, 그나마 믿었었건만…….'

내각정보조사실은 일본 최고의 정보기관으로, 일본 수상에게 직접 보고하는 직속 기관이었다.

즉, 미국의 중앙정보국이나 대한민국의 국가정보원 격이라 수상의 신뢰가 이만저만이 아니었다.

그래서 더 실망했는지도 모른다.

주어진 임무는 국내 및 해외 정보 등을 휴민트나 첩보 위성을 통해 수집하여 총리에게 직접 보고하는 것이다.

"수상 각하, 긴히 드릴 말씀이 있습니다."

"말해 보시오."

"그게……."

함부로 입 밖으로 낼 내용이 아니었던지 오카다가 각료들의 눈치를 살피고는 연거푸 마른세수를 해 댔다.

제2의 권력이라고 하는 내각관방장관조차도 건너뛰는 보고 체계라 눈치를 챌 수밖에 없는 모리 수상이 자리에서 일어났다.

"아, 본관은 잠시 자리를 비울 테니, 각료들끼리 좋은 방

안을 찾아보길 바라오. 오카다 실장은 잠시 나 좀 봅시다."

"하이."

BINDER BOOK

지옥유령의 예고

모리 수상의 집무실.

"그래, 내게 따로 할 말이 있는가?"

모리 수상은 각료들과 같이 있을 때는 오카다에게 존칭을 했지만 둘이 있을 때는 말을 편하게 했다.

사실 오카다가 아들의 나이와 같다 보니 편한 마음에서 하대를 하는 것이다.

"수상 각하, 현재 상태에서의 조사는 아무런 의미가 없는 걸로 판단이 됩니다."

"흠, 뭔가 낌새가 느껴졌는가?"

"저희 내각정보조사실의 의견에 의하면 이번 황국신사 건은 자연재해도, 누군가의 방화로 인한 화재도 아니라는 겁니다.”

“그거야 방금 안 사실이지 않나? 하고 싶은 말이 뭔가? 솔직히 말해 보게.”

“각하, 에스퍼들을 동원하게 해 주십시오.”

“엉? 에스퍼?”

“현재로서는 수상 각하만이 움직일 수 있는 그들을 움직여야만 윤곽이 드러나리라고 봅니다. 아니, 확신합니다.”

“아, 아. 난 또…… 얼핏 들은 적이 있네. 아마테라스 말이지?”

사실 생소한 단체의 이름이라 별로 기억에 담아 두지 않았었다.

그도 그럴 것이 임기 동안에 에스퍼들을 동원할 일이 몇 번이나 있겠는가?

내각 수반의 자격으로서 알아야 했고, 또 들었으니 참고만 하고 있었을 뿐이다.

“그렇습니다.”

오카다가 수상이 아마테라스를 알고 있다는 것에 격하게 고개를 끄덕여 보였다.

“이번 사건은 과학적으로 내막을 밝히긴 어렵다고 판단됩니다. 그렇다고 초자연현상도 아닙니다. 저희 조사실은 초능력자가 벌인 일이라 확신하고 있습니다.”

“허얼, 초능력자의 소행이라니! 아무리 초능력자라도, 아

바인더북

니 내가 초능력에 대해 문외한이더라도 저리 방대한 신사를 무너뜨릴 수 있다고는 믿지 않네. 더더욱 저런 식으로는 더 어렵고."

초능력자라도 결단코 상식적이지 않은 일임을 강조하는 모리 수상이었다.

"각하, 저 역시 같은 생각입니다만, 우리 일본을 적대시하는 국가에서 에스퍼를 단체로 파견해 벌인 일이라고 가정해 보십시오."

"그럴 만한 국가가 있는가?"

"한국과 중국은 우리 일본을 적대시하는 대표적인 국가임을 잘 아시지 않습니까? 그 외에도 거론하면 셀 수 없을 정도로 많을 것입니다."

일본이 전쟁에 광분했던 때를 감안하면 충분히 짐작할 수 있는 일이었다.

그 상대가 국가든 단체든 일개인이든 간에.

따지고 들자면 헤아릴 수 없을 만치 많을 것이다.

내색하지 않고 있을 뿐이지.

그런 연유로 강대국의 면모를 유지하고 있어야 하는 일본의 입장이었다.

"오카다 실장의 말은 다각적으로 검토해 보자는 것이나 다름없군그래."

"딴은 그렇습니다만, 초능력의 세계는 우리 일반인들이

범접치 못하는 불가사의한 분야이기에 더 그렇습니다."

끄덕끄덕.

"흠, 이번 사태는 초능력자들만이 원인을 파악하고 해결할 수 있단 말이지?"

"그렇습니다."

"대답이 힘찬 걸 보니 뭔가 믿는 구석이 있는 것 같군. 본관의 생각이 맞나?"

"사실은…… 내각조사정보실로 연락이 왔었습니다."

"아마테라스에서?"

"아닙니다. 미국 CIA 측에서 연락을 해 왔습니다."

"CIA에서 말인가?"

"하잇!"

"뭐라던가?"

"아마테라스와 공동 조사를 할 의향이 있다고만 했습니다."

"흠, 그들도 에스퍼들을 동원하겠다는 뜻인가?"

"하이!"

"거…… 단체 이름이 뭐였더라?"

"플루토입니다."

"아! 그래, 플루토였지. 뜻이 저승의 왕이라고 했던 게 기억나는군."

뒷짐을 진 모리 수상이 책상 앞을 몇 번 왔다 갔다 하더니 말했다.

"오카다 실장의 생각은?"

"소관은 응해도 무방하다는 생각입니다."

"이유는?"

"아마테라스는 애초 CIA 측의 지원하에 성장한 에스퍼 단체입니다. 처음부터 숨길 만한 전력이 아닌 것이죠."

"가르치고 키웠으니 이제 써먹게 내놓으라는 게로군. 아마테라스가 플루토에 비해 전력은 어떠한가?"

"아직 많이 모자랍니다."

"아, 얼핏 들은 바가 있는데, 지금 오키나와에 플루트의 에스퍼들이 와 있다지?"

"그렇습니다. 20일 전에 도착해서 지금 한창 합동훈련 중인 걸로 알고 있습니다."

"많이 성장했으면 좋겠군."

톡톡톡톡.

뜻밖에도 쉽게 결정할 일이 아니었는지 모리 수상이 손가락으로 책상을 반주하듯 두드려 댔다.

'너무 노출되는 것도 안 좋은데……'

예전이야 두 나라 사이가 어찌 되었든 간에 지금은 전쟁 당사자였음을 잊고 동반자 관계가 된 사이다.

그렇게 되기까지 그동안 일본이 미국에 얼마나 알랑방귀를 뀌어 댔던가. 속된 말로 입안의 사탕처럼 굴어 대며 굽실

거려 왔기에 가능했던 것.

그러다 보니 작금에 와선 미국이 일본에 대해 모르는 것이 없게 됐다.

시쳇말로 밑천을 다 까 보인 상태라는 것.

이 말은 곧 미국 앞에서 추호의 비밀도 없다는 뜻이자, 향후로도 계속해서 배알도 없이 미국의 밑을 닦아 줘야 한다는 의미였다.

고로 사안이 무엇이 됐든 1엔짜리 비밀이든, 천억 엔짜리 비밀이든 상관없이 숨길 수 있으면 숨기는 게 이롭다는 것이 모리 수상의 생각이었다.

'쯧, 뭐든 간섭하려 드니 원…….'

지나친 생각이었지만 이번 제안 역시 그런 맥락의 범주를 벗어나지 않는다는 것이 모리 수상의 견해였다.

그도 그럴 것이 일국의 수상인 입장으로 보면 뭐 하나 내밀한 것 없이 죄다 오픈되어 있어 정치할 맛이 나지 않는다고나 할까.

모리 수상도 수상 자리에 앉아 보고서야 이게 일본의 실정임을 알았다.

"뭐, 원인을 밝힐 수만 있다면 공조하는 거야 뭐가 어렵겠나?"

"아! 허락하는 것입니까?"

"그 대신 오카다 실장이 책임지고 반드시 밝혀내도록 하게."

"최선을 다할 것입니다, 각하!"

"아, 그리고 비둘기들을 감시해야 하지 않겠나?"

"그 점은 염려 마십시오. 사건을 접했을 때부터 이미 가동에 들어간 상태입니다. 집비둘기든 산비둘기든 감청에 걸리는 대로 검거에 나설 것입니다."

"흠, 쉽지 않은 일이겠지만 뭔가 꼬투리라도 잡으려면 결정적인 게 있어야 할 게야."

"아, 하면 짚이는 데라도⋯⋯?"

"난 아무래도 저쪽이 의심스럽네."

몸을 반쯤 튼 모리 수상이 팔을 쭉 뻗더니 엄지와 검지를 이용해 총을 쏘는 듯한 자세를 취하며 두 번 콕콕 찍었다.

'간고꾸와 쥬우고꾸?'

모리 수상이 두 점을 찍은 곳은 한국과 중국이 위치한 방향이었다.

"각하, 쥬우고꾸는 몰라도 간고꾸같이 작은 나라에서 그런 인물이 나오겠습니까?"

"충분히 나올 수 있네. 보통 기가 센 땅이어야 말이지. 자네도 알잖나, 산야마다 쇠말뚝을 박았던 일 말일세."

"그야 이씨 왕조의 맥을⋯⋯."

절레절레.

"천만에. 이씨 왕조야 조선총독부를 건립할 당시 맥이란 맥은 전부 끊었다고 보네. 그 결과 이씨 왕조의 후손들이 죄비실비실하지 않았는가?"

"그, 그랬지요."

"쇠말뚝의 진정한 목적은 이순신 같은 인물이 나오지 못하게 하는 사전 예방책이란 말일세."

"맞는 말입니다. 희한하게도 간고꾸에서는 산의 정기를 타고 인물이 난다는 말이 전해져 오고 있지요."

"내 말이 바로 그걸세. 언제 어떤 인물이 튀어나올지 모르는 나라가 간고꾸일세. 내가 의심스러워하는 것도 바로 그 점이고."

한국도 배제하지 않고 의심해야 한다는 뜻.

"알겠습니다. 쥬우고꾸는 당연하지만 간고꾸 역시 통화 중 의심되는 대화는 물론 들고나는 여행객들까지 중점적으로 살피도록 하겠습니다."

"의심이 확신이 되면 좋겠구먼."

"저 역시 그렇습니다."

"아무튼 쉽지 않은 일임은 모르지 않으나 있는 힘을 다해 주게."

"하잇!"

"아, 그리고 또 한 가지."

"예?"

"국민들의 시선을 바꿀 만한 뭐가 있어야 하지 않을까 싶네만."

"아, 아……."

모리 수상의 의미심장한 말에 오카다 실장이 방아깨비처럼 머리를 주억거리고는 말을 이었다.

"생각해 두신 것이라도……."

"글쎄다."

국민들의 시선을 돌릴 마음만 있었지 딱히 생각해 둔 것이 없었던 모리 수상이 말만 꺼내 놓고 괜히 턱만 만지작거리다가 말을 이었다.

"오카다 실장도 생각해 보게. 이대로 국민들의 정신적 붕괴를 지켜보고만 있을 수는 없다는 것을 알지 않는가?"

"그야…… 그렇습죠."

앞서 언급했듯이 사실 황국신사라 불리는 야스쿠니신사의 소멸은 일본 국민들에게는 엄청난 재앙이나 마찬가지였다.

그냥 사당 하나가 없어진 것과는 천양지차다.

그도 그럴 것이 이른바 '대화혼의 축'인 군국주의 정신이 바로 야스쿠니신사에서 비롯되기 때문이다.

이는 현재 도쿄를 비롯한 인근 도시는 물론 전국의 주요 도시에 이르기까지 대성통곡을 넘어 전 국민이 공황 상태에 이를 정도로 혼이 쏙 빠지고 넋이 나간 상태인 것만 봐도 알 수 있었다.

조금 전 이곳으로 오는 도중에도 그런 표정을 짓는 사람들을 여럿 본 참이었다.

'휴! 요시다 씨의 말대로 극도의 정신적 충격은 극단의 선택을 하게 만들 수 있어.'

자칫 베르테르(모방 자살) 효과라도 생긴다면, 일파만파로 이어질 수도 있는 심각한 사회적 현상을 초래할 것이 예상됐다.

모리 수상이 한시라도 빨리 국민들의 시선을 돌릴 곳을 찾는 것도 그런 이유에서이고.

"다케시마라면 어떻겠나?"

다케시마를 거론하는 모리 수상의 한쪽 입꼬리가 삐죽 솟아올랐다.

"그건…… 얼마 전에 써먹은 소재라 별 메리또가 없지 않겠습니까?"

"화수분이 왜 화수분이겠나? 언제든 써먹을 수 있으니 그런 게지. 이번엔 조금 더 자극적인 문구를 사용해 보도록 하게."

"자극적인 문구라……."

하긴 독도 문제로 심심하면 한국의 감정을 건드려 반응을 보는 것도 쏠쏠한 재미가 있다.

일본 국내에 정치적으로든 사회적으로든 심각한 문제가 생겼다 싶으면 누군가 총대를 메고 독도가 일본 땅이라고 툭 내던진다.

그러다 보면 마치 관성의 법칙인 양 한국에서 발끈하고 나선다.

여기에 양념을 조금 쳐서 이슈화시키면, 일본 국내의 문제는 언제 그랬냐는 듯 순식간에 가라앉아 버린다.

"어떤가?"

"아, 소관이야 수상 각하께서 명하시면 따를 뿐이지요."

오카다 역시도 모리 수상의 말대로 일부분이라도 국민들의 시선을 다른 곳으로 돌릴 호재가 있다면 좋다는 생각이라 고개를 끄덕거리는 것으로 쾌히 동의했다.

"총대는 누가 메면 좋겠는가?"

"전번에는 외무성에서 했으니 이번에는 시마네현 지사가 하는 것이 어떻겠습니까?"

"시마네현 지사?"

"하잇, 외무성에서 너무 자주 거론하는 것도 무게가 없어 보이기도 하니……."

절레절레.

"시마네현 같은 깡촌의 지사도 무게가 없기는 매한가지지 않나? 다케시마의 날이라도 된다면 모를까?"

"그렇다면 일관성을 유지하는 측면에서 외무성에서 하는 것으로 하시지요?"

"허허헛, 그게 바로 내가 원하는 바일세."

만족한 웃음을 띤 모리 수상이 출입문으로 향하며 말을 이었다.

"이번엔 좀 더 거센 반응이 나와야 할 텐데 말이지."

"간고꾸 정부에서는 대꾸도 하지 않을 겁니다. 이번에도 민간단체에서 우리 국기를 태우겠지요."

"흐흐훗, 그걸 잘 이용해서 국방비를 좀 올려 보세나."

"늘 해 왔던 방식이니 이번에도 통할 겁니다. 우리 국민들이 분개할 만한 장면만 담아서 화면에 내보내면 야당도 국방비를 보태는 데 손을 들어 줄 것이고요."

"그렇지. 그렇게 야금야금 국방을 튼튼히 해 놓는 걸세. 언제까지 자위대를 국내에서만 유지하고 있을 건가? 밖으로 나가야지."

"옳으신 말씀입니다."

"아참, 그렇지. 오카다 실장."

"하, 하이……."

"대장성에 문의해 극비 중 하나를 슬쩍 공개해서 간고꾸를 더 자극하는 것도 연구해 보게."

"예에? 대, 대장성까지 동원합니까?"

"밋밋한 내용만으로 정국 전환을 할 수 있겠나?"

"그, 그건…… 아무래도 어렵겠지요?"

"오카다 실장은 이걸 알아야 돼."

"하이, 가르침을 주십시오."

"조센징들은 말이야. 우리 일본이 조금 바른말을 할라치면 가마솥에 팥죽 끓듯 으싸으싸해 대지만, 그건 허세에 불과해. 왜 그런지 아나?"

"아! 우리가 지배했을 때 심어 놓은 두려움이 유전자에 새겨져 있는 족속들이라 금세 가라앉는다는 겁니다."

"바로 그걸세. 그러니 잠시 시끌해지는 건 무시해도 된다네."

"알겠습니다."

"자네가 연락하기 곤란하다면 외무성은 본관이 맡도록 하지."

"핫! 수상 각하께서 나서 주신다면, 일이 빠르게 전개될 수 있을 겁니다. 그리고 연락은 빠르면 빠를수록 좋습니다."

"프흐훗, 알고 있네. 이제 다들 기다리고 있을 테니 가 보세나."

"하잇!"

오테마치역 인근에 사는 요시미치는 아침부터 뒤숭숭해진 일본열도의 분위기임에도 출근을 위해 집을 나섰다.

집을 나선 시각은 06시 30분.

요시미치의 오늘 일과는 무척 바쁘게 짜여 있었다.

아침 일찍부터 시작해 하루 종일 미국 바이어를 상대해야 했기 때문이었다.

그랬기에 집을 나서자마자 거의 뛰듯이 총총걸음으로 바삐 걸어야 했다.

목적지는 스테이션 호텔.

호텔이 집에서 그리 멀지 않았기에 약속 시간까지는 도보로도 충분했다.

하지만 만약을 모르기에 조금이라도 일찍 도착하기 위해 서두는 요시미치였다.

거리는 요시미치처럼 새벽잠을 털고 일어난 사람들의 이동으로 서서히 혼잡해지기 시작하고 있었다.

모두들 야스쿠니신사가 사라진 일로 인해서인지 풀이 잔뜩 죽은 모습이었다.

요시미치 역시 마찬가지 기분이었지만 애써 내색하지 않고 오테마치역으로 부지런히 걸음을 놀렸다.

그런데 C10번 출구가 가까질수록 오가던 행인들이 한데 모였는지 모두들 고개를 쭉 내밀고는 웅성대고 있는 것이 아닌가?

'응? 웬 사람들이? 무슨 일이 있나?'

요시미치의 고개가 갸우뚱했다.

그럴 것이 C10번 출구 쪽은 고쿄, 그러니까 일왕이 거주하는 왕궁의 정문으로 향하는 곳이라 평소에는 한가한 거리였기에 사람들이 몰려 있는 것이 의아했던 것이다.

그냥 지나치려던 요시미치가 손목시계를 확인하더니 아직 여유가 있음을 알고는 사람들 사이로 슬쩍 끼어들었다.

그러고는 사람들이 한결같이 고개를 쳐들고 바라보는 곳으로 시선을 주었다.

그곳은 바로 가로등 꼭대기였다.

"엇?"

저도 모르게 얕은 경호성을 지른 요시미치의 눈에 들어온 것은 하얀 깃발이었다.

어디선가 본 듯한 깃발은 때마침 불어온 바람에 의해 펄럭이고 있었다.

깃발에는 글씨가 쓰여 있었지만, 자꾸 펄럭이는 통에 그 내용이 확실치 않았다.

게다가 높은 가로등에다 깃발도 그리 크지 않아 더 파악하기 어려웠다.

"저거…… 신사에 꽂혀 있던 깃발과 비슷한 것 같지 않아요?"

"그런 것 같은데…… 잘 모르겠네요."

"설마……."

"누가 내용이 뭔지 읽어 봐요."

"아, 영어예요. 근데 펄럭여서 보여야 말이지요."

"야스쿠니신사의 깃발도 영어였어요."

"맞아, 하얀 바탕에 검은 글씨!"

"고, 고스트 오브 헬!"

"지옥유령!"

누군가의 입에서 나온 말을 시작으로 사람들이 저마다 한마디씩 뱉어 내느라 더 시끌시끌해졌다.

한데 어느 순간, 바람이 잠잠해졌는지 펄럭이던 깃발이 순간적으로 펄럭임을 멈췄다가 축 늘어질 때, 요행히도 요시미치의 눈에 글귀가 들어왔다.

'헉!'

너무나도 놀랐던 나머지 내심으로 헛바람을 들이켠 요시미치는 갑자기 심장이 쿵쾅대기 시작했다.

'후우, 후우, 지, 진정하자.'

그렇지만 빨리 내용을 알려야 했기에 곧장 입을 열었다.

"제, 제가 봐, 봤어요!"

"봐, 봤다고?"

"제가 글 내용을 봤다고요."

"뭐, 뭐라고 쓰였어요?"

"더 고스츠 오브 헬…… 아…… 고잉 포…… 고쿄?"

"뭐라는 거야?"

"아, 좀 확실히 말해 봐요."

"으아! 지, 지옥유령이 고쿄로 간다고요!"

"뭐이라? 거기 정말인감?"

"고쿄로 간다면!"

"고쿄가 다음 차례란 소리지 뭐야!"

"엉? 지옥유령이 천황 폐하가 계시는 곳으로 간다고?"

"자, 잠깐만!"

"……?"

"결국 황국신사가 소멸된 것이 자연재해가 아니라 사람에 의해 저질러진 사건이란 말이잖아요?"

"그거야 당연하지. 거기도 깃발이 있었잖아요! 귀신이 꽂아 놨을 리가 없잖아요?"

"맞아, 이건 분명히 인간 짓이야. 누군가 일을 저지르고 깃발을 꽂은 거라구."

"그렇지만 그건 불가능한 일이라고……."

"그럼 저건 뭔데? 귀신이 저런 짓을 할 리는 없잖아?"

"여러분! 이러고 있을 시간이 없어요! 저건 사전에 경고하는 거라고요! 빠, 빨리 신고해야 돼요!"

"그, 글치!"

요시미치의 고함에 사람들이 너도나도 휴대폰을 꺼내 들었다.

The Ghosts of Hell Are Going for Gokyo. (지옥유령이 고쿄를 노린다.)

가로등 꼭대기에 꽂힌 깃발에 적힌 글귀였다.

야스쿠니신사가 소멸된 지금 그 자체로 흐드드한 살풍경이었다.

국정원 3차장실.

방금 송출된 화면에는 긴급 뉴스가 흘러나오고 있었고, 첫 내용을 듣자마자 최형만 차장의 표정이 석고상처럼 딱딱하게 굳어 버렸다.

–다케시마는 역사적으로나 국제법적으로나 일본 영토이자 시마네현 5개 촌에 속해 있다. 그럼에도 불구하고 한국이 독도를 불법점거 하고 있다. 다케시마 영유권 문제에 대해 역사적 사실에 근거해서도, 국제법상으로도 명확하게 일본의 고유 영토라는 것이 증명되어 왔음에도 한국은 지금까지 명확한 이유도 제시하지 않은 채 무단으로 점유하고 있는 것이다.

벌컥!

문이 열리면서 낯빛이 벌게진 조재춘 과장이 급히 들어섰다.

"차, 차장님……."

"쉿!"

—한국은 알아야 한다. 우리 일본이 힘이 없어 참고 있는 것이 아니라는 것을. 그 예로 일본의 해군력은 막강하다. 미국, 러시아에 이어 세계 3위의 해양 강국이다. 독일, 영국, 프랑스는 아무것도 아니다. 우리는 어마어마한 해군력을 보유하고 있다. 다케시마 문제를 두고 한국의 대통령이 한국 해군이 어떻고 저떻고 얘기했다는데, 바보가 아닌가? 해상 자위대의 이지스함만 동원해도 아마 한국 해군의 7, 8할은 전멸될 것이다.

"저, 저 자식들이! 차장님, 이건 도가 넘은 내용인데요?"
"이따가 얘기하지."

—이건 절대 과장이나 엄포가 아니다. 실제로 한국의 해군 7, 8할은 바다에서 몽땅 사라지게 된다. 그러나 우리 일본은 무력이 충분하고도 넘치지만 평화를 사랑하는 국가이기에 함부로 움직이지 않는다. 이에 재차 다케시마가 일본 영토임을 평화적인 수단으로 통보하는 바이다. 한국은 조속한 시일 내에 독도를 비움과 동시에 일본에게 돌려줘야 할 것이다.

그 말을 끝으로 담화문을 발표한 인사가 고개를 까딱하고는 물러났다.
"차장님, 강도가 여느 때보다 센 걸 보니 일본외무성이 위로부터 단단히 주의를 받은 모양입니다."

"저 정도 발언 수위라면 모리 수상이 일본외무성으로 직접 연락을 했다고 봐야지."

"그래도 아주국장인 가토 료조 선에서 발표했다면 극단적으로 보기는 어렵지 않겠습니다."

"우리의 대응 상황에 따라 후쿠시 소타 외무성대신이 나서든지 아니면 가토 료조를 징계하는 수순을 밟겠지."

"그렇군요. 하여튼 야비한 족속들이라니까."

"쟤들이 언제부터 독도를 자기네 영토라고 주장했지?"

"아, 일본이 최초로 독도가 자기네 영토라고 주장하고 나온 때가 1965년 9월입니다."

"맞아. 1965년부터였지. 그때 수상이 좌등영작이었나?"

"맞습니다. 좌등영작이 '독도는 예부터 일본 영토라는 데 의심이 없다.'라고 말한 이후 계속해서 염장을 질러 오고 있는 중입니다."

"미친……."

"아무래도 의도적인 작태인 것 같습니다."

"자네도 느꼈나 보군."

"빤하잖습니까? 이런 시기에 강도 높은 발언을 했다는 건 야스쿠니가 소멸된 걸 조금이라도 희석시켜 보려는 의도란 걸 누구라도 알 수 있지요."

"하긴 야스쿠니는 일본의 정신적 지주 역할을 해 왔으니……."

아마 정신적 충격이 생각 외로 클 것임이 짐작됐다.

"우리 해군력 8할이 사라진다? 정말 그런가?"

"조금 과한 면은 있지만 현실이긴 합니다. 현재의 우리 공군과 해군 전력으로는 일본 해상과 방공망을 뚫기는 요원합니다."

그 말은 한국의 막강한 육군 전력이 일본열도에 상륙조차할 수 없다는 말과 다름없었다.

"일본의 이지스함 때문인가?"

"이지스함이 적지 않은 부분을 차지하는 것은 사실입니다. 일본이 현재 세 척을 보유한 것에 비해 우린…… 단 한 척도 없으니까요."

"후우, 속에서 천불이 나지만 현실은 현실이니 인정하지 않을 수 없군."

"대놓고 영국과 프랑스를 까는 것도 처음 있는 일입니다."

"국민들의 호기심을 자극하려는 의도일세."

"하긴 그동안 내용이 천편일률적으로 밋밋하긴 했지요."

"그래, 강력한 임팩트가 없긴 했지."

"저기…… 원장님이 출근하시는 대로 호출하지 않겠습니까?"

"외교통상부에서 나설 문제이긴 하지만, 우리도 준비는 해 놔야겠지?"

"코드 원의 호출이 있을지도 모르지요."

끄덕끄덕.

"그나저나 누구 소행일 것 같나?"

"예? 무슨……?"

"헐, 야스쿠니 말일세."

"그야…….."

"자네도 예기치 못한 초자연적인 현상으로 보는 건가?"

절레절레.

"전…….."

조재춘 과장이 다가오더니 펜을 잡고는 메모지에 뭔가를
썼다.

제로벡터의 소행으로 봅니다.

"도무지 감이 안 잡힙니다."

"나도 마찬가지이긴 한데…….."

그렇게 말하면서 최형만 차장도 메모지를 이용해 의사를
전달했다.

동감일세. 근데 이게 가능한 일일까?

메모지의 내용을 본 조재춘 과장이 희미하게 웃어 보이고
는 말했다.

바인더북

"이만 보고서를 작성하러 가 보겠습니다."

　자리를 옮기시죠.

"어, 가서 일보게."

조재춘 과장이 출입문을 여는 시늉만 하고는 얼른 최형만 차장을 뒤따랐다.

두 사람이 향한 곳은 3차장실의 부속실처럼 마련된 밀실이었다.

당연히 도청이나 감청을 방지하기 위해 마련된 공간으로 제로벡터에 대한 보안을 위해 최근에 설치한 장소였다.

최형만 차장이 자리에 앉자마자 물었다.

"제로에게서 연락이 있었나?"

절레절레.

"그냥 제 추측입니다."

"추측? 근거는?"

"일본 측에서도 원인을 알 수 없다고 하니 초능력밖에 더 있겠습니까?"

"그건 그냥 아나운서의 멘트일 뿐이잖아?"

아직까지 일본 정부의 공식 발표가 없었다는 얘기.

"원인을 알았다면 발표를 지체할 이유가 없지요."

"흠, 그렇긴 한데……."

사실 일본인들은 지진이나 화산이 잦은 탓인지 겁이 무척 많은 편이었다.

그랬기에 일본 정부에서도 무슨 일이 터졌다 하면 신속하게 발표함으로써 국민들을 안심시키는 데 주력해 왔다.

"구동진 요원은 뭐래?"

"제로에게서 아직 연락이 오지 않았다고 합니다."

구동진은 정광수 브라보팀의 팀원으로, 일본어에 능숙해 담용의 서포터 자격으로 일본에 파견된 요원이었다.

"제로가 간 지 일주일이 넘었지?"

"정확히 8일입니다."

"흠, 야스쿠니 사건으로 연락하기가 더 어려워졌군. 제5열에게서도 아무 말이 없지?"

"꿈쩍도 않습니다."

"혹시 기능을 상실한 건 아니겠지?"

"아시잖습니까? 평화 시에 제5열에게 기댄다는 것은 장담할 게 아무것도 없다는 걸요."

"하긴 평생 한 번 써먹을까 말까 한 신분이니……."

국정원을 비롯한 각국의 정보국은 제5열, 즉 Fifth Column을 각 나라에 심어 두고 있었다.

그러나 냉전이나 전쟁 시가 아니라면 별로 쓸 일이 없는 존재가 또한 제5열이다 보니 유야무야로 사라지는 경우도 없지 않았다.

참고로 제4열(fourth column)은 외부로부터의 공격군을 뜻하며, 제5열은 내부의 적을 가리키는 존재다.

제6열(sixth column) 역시 존재하는데, 상대방에게 불리한 유언비어를 내부에 퍼뜨려 제5열을 돕는 사람들이었다.

"쯧, 그렇다고 없앨 수도 없고……. 아! 문화재에 대해서는 아직도 깜깜인가?"

"제로의 주목적이 문화재 반환이긴 한데, 아직까지 거기에 대해 말이 없는 걸 보면 상황이 여의치 않은 것 같습니다."

"에잉, 연락이라도 좀 주지."

"지금은 연락이 오더라도 조심해야 할 때입니다."

"알아, 일본 애들이 눈에 불을 켜고 체크를 해 대고 있을 테니까."

"뭐, 정상적인 루트로 반환해 오지는 않을 테고…… 제로가 준비됐다면 공해상에서 받을 수 있어야 할 텐데……."

"저도 그게 걱정입니다. 넘겨받는 방식에 대해 일언반구도 않고 떠나 버리는 통에 이러지도 저러지도 못하고 있습니다."

"너무 걱정하지 말게. 제로라면 기발한 방법이 있을 테니까."

"저도 그럴 거라 여깁니다만 답답해서 하는 말입니다."

"그보다 제로가 부탁하고 간 일들은 차질이 없나?"

"예, 코리코프는 종로에서 역삼동으로 이사를 마쳤습니다."

"아, 르네상스호텔 옆 사거리 코너였던가?"

"예, J은행이 K은행에 합병되면서 공실이 된 점포여서 어려운 건 없었습니다."

"업무는?"

"곧 재개할 겁니다. 아, 서민 대출의 금리를 9%로 확정했습니다."

"9%면…….."

"지금 금융 대란 이후에 제1금융이 7~8%대입니다. 제2금융도 13% 내외고요. 제3금융은 무려 60% 이상입니다."

"뭐? 60%?"

"그건 아무것도 아닙니다. 사채는 300%까지 치솟아 있는 실정입니다."

"헐, 서민들만 죽어라 죽어라 하는군. 일본 자금은?"

"코드 원께서 이미 허락하셨잖습니까?"

"그렇지, 제도권으로 들어오려고 한창 준비 중이겠군."

"맞습니다. 그래서 선점을 할 겸 대대적인 홍보를 할 예정입니다."

"홍보? 광고 말인가?"

"예, 방송 3사와 일간지에 쫘악 뿌릴 예정입니다."

"흠, 돈이 문제로군."

"제로가 자금은 염려하지 말라 하고 갔습니다."

"응? 또 털어 오려나 보지?"

"흐흐흐흣, 그건 저도 잘……."

"풋, 그런 요상한 웃음을 지으면서 모르겠다니…… 누구라도 눈치를 채겠군. 고아원과 요양원은 진척이 좀 있나?"

"공사 진척이 상당히 빠른 편입니다."

"다행이군. 공사 자금은 괜찮은가?"

"아직은요. 그리고 김도원 군에게 말해 뒀으니 모자라면 연락이 올 겁니다."

"성수병원은?"

"연일 독립유공자와 국가유공자 들 그리고 그 직계가족들로 바글바글합니다."

"무료 서비스이니 당연한 거겠지."

"사실 국가에서 주관해야 맞는 건데…… 사회복지법인에서 전적으로 맡아서 한다는 건 좀 무리가 있죠."

"좀이 아니라 많이 무리가 있는 거지."

"참! 이번에 복사골로 법인명을 바꿨습니다."

"어, 그래?"

"예, 최만돌 옹께서 복사골노인요양복지시설에서 복사골로 간단하게 바꿔 버렸지요."

"아무튼 제로의 신경이 분산되지 않게 일일이 신경을 써

주게. 참, 동생들은 어때?"

"제가 직접 방문하는데, 잘 지내고 있습니다. 주로 복사골 요양원과 선녀찬방에서 소일하고 있더군요."

"요원들 배치는 안 해도 된다고?"

"근처의 깡패들을 소탕하고 나니 딱히 위협될 만한 조직이 없어서 철수시켰습니다. 게다가 육 담당관의 출신 자체를 말소시킨 데다 주소지까지 역삼동으로 되어 있어서 설사 노출되더라도 그쪽으로 갈 일은 없을 겁니다."

"그래도 간혹 찾아가서 어려움이 있을 때 봐주도록 하게."

"하하핫, 혜인이가 자주 전화를 해 대서 안 가면 안 됩니다."

"흠, 육 담당관 소식 때문이로군."

"맞습니다."

"이제 나가 보세. 원장님이 출근하셨겠어."

"예."

두 사람이 밀실을 나왔을 때, 아직도 켜져 있는 TV에서 격앙된 아나운서의 말이 흘러나오고 있었다.

—아, 아…… 이번에는 고교입니다. 지옥유령이 고교를 노린다는 깃발이 오테마치역의 가로등에서 발견이 됐습니다. 화면을 봐 주십시오.

아나운서의 말끝에 화면에 창이 하나 생기더니, 소방차가 보였다.

사다리를 탄 소방대원 하나가 가로등 위에 꽂혀 축 늘어져 있는 깃발을 펼쳐 보였다.

The Ghosts of Hell Are Going for Gokyo.

이 모습을 본 최형만 차장과 조재춘 과장이 동시에 서로를 쳐다보더니 다시 밀실로 들어갔다.

"미스터리 오컬트가 아니라 인간의 짓임이 확인된 셈이군."

"예, 덕분에 더 확실해졌네요. 저건 틀림없이 제로 소행입니다."

"믿기지 않지만 나도 제로밖에 생각이 안 나는군. 근데 왜 저런 짓을 하지?"

"한을 푸는 거죠. 동시에 시선을 돌리는 걸 테고요."

"시선을 돌린다? 아! 문화재?"

"저는 제로가 문화재 하나만 가져오려고 일본까지 건너갔다고 생각하지 않습니다."

─어째서?

"아마 대량으로 빼돌리려고 저런 행위를 했을 것으로 봅니다."

"대량? 그게 가능할까? 그리고 가져올 수 있는 방법은 있고?"

"그건 저도 모르겠습니다."

"이거야 원."

"하지만 방법이 없고서야 행동에 나섰겠습니까?"

"그러니까 그 방법이란 게 뭐냐 말일세. 이거 자칫하다간 큰 외교 문제로 번질 수 있는 일이네."

"그건 저도 알고 있습니다."

"이건 그냥 손 놓고 있을 문제가 아니로군. 연락할 방법이 없다고 했나?"

"예."

"할 수 없군. 기사를 내게."

"차장님!"

"알아, 나도 그게 얼마나 위험한지."

뭔가 각오를 했는지 부리부리해진 눈으로 조재춘 과장을 노려보는 최형만의 표정에 결기가 차 있었다.

비록 세월의 흐름에 겉모습은 쇠퇴했지만, 세월과 함께해 온 그 깊이만큼은 묵직한 열정이 녹아 있는 듯했다.

"조 과장."

"옛!"

"위험해도 해야 하는 일이 있다면 이번이 그래."

"차장님, 신문의 광고는 누구라도 아는 겁니다. 일본의 내각정보조사실에서 불을 켜고 살필 겁니다."

"그걸 내가 왜 몰라? 그렇다 해도 제로의 능력이라면 무사할 수 있을 걸세."

"구동진 요원과는 접선할 장소도 정하지 않은 상태입니다."

"그 문제 역시 제로가 알아서 할 거라고 보네. 그리고 이건…… 명령일세."

상관의 명령이라면 이건 거절해서도 안 되고 이의를 제기할 수도 없다.

"알겠습니다."

"내일이……."

"잠시만요."

조재춘 과장이 수첩을 꺼내 내용을 훑어보더니 입을 열었다.

"내일과 모레는 접수가 늦어 어차피 안 될 테고, 3일 후는 가능할 겁니다. 마침 홀수 날이고 금요일이네요. 니혼게이자이신문에 게재할 차례고요."

"흠, 경제신문이라면 검색에서 좀 나으려나?"

일반 신문에 비해 구독자가 별로 많지 않을 것을 감안한 말이었다.

"그런 건 기대하지 않는 게 좋습니다."

"정보실이라고 해서 모두 완벽한 건 아니라네. 더구나 디

지털 시대로 접어든 시기에 아날로그 방식으로 접근하니 조금 더 안전하지 않겠나?"

"하핫, 차장님 말씀대로 요행을 기대해 보겠습니다."

"내용을 맛깔나게 올려 보게."

"고민해 보겠습니다."

"이제 나가지."

"옛!"

앱설루트 경지에 들다

국정원장실.

소파를 사이에 두고 마주 앉은 네 사람은 정영보 국정원장을 비롯한 세 차장이었다.

분위기가 무겁게 내려앉은 것으로 보아 이미 오간 얘기의 주제가 무거웠음을 짐작케 했다.

소파의 팔걸이를 검지로 톡톡 쳐 대던 정영보 원장이 입을 열었다.

"이번에도 대거리는 피해야겠지요?"

누구를 콕 집어서 물은 건 아니었지만, 당연하다는 듯 최형만 차장이 나섰다.

"만약을 위해 준비는 하되 신경 쓰지 않는다는 걸 보여 줘야 합니다."

"나도 그걸 모르지 않소. 그렇지만 심심하면 걸고넘어지니, 우리보다는 국민들이 흥분하고 난리를 쳐서 고민이 되잖소?"

"물론 그러리라 여깁니다만 일본이 노리는 게 바로 그겁니다. 국민들이야 얼마든지 흥분해도 상관이 없습니다만 정부 차원에서의 대응은 절대 삼가야 합니다."

"끙, 자칫 국제법에 빌미를 제공할까 싶어 할 말이 있어도 못 하니 원."

"그래도 참으셔야 합니다. 골치 아픈 문제를 자진해서 끌어안을 필요가 없지 않습니까?"

"알아요, 알아, 끄응."

"잘 아시잖습니까? 일본 정부가 국방비를 대거 올리려는 수작도 함께 곁들어져 있다는 것 말입니다."

"일본이 국방비를 끌어올리는 데 독도가 만만한 북인 셈이로군."

"매번 성공하니 재미가 붙은 거지요. 지금은 국방비보다 야스쿠니 때문에 독도를 이용하는 걸 겁니다."

"아, 국민들의 시선을 돌리고자 하는군요."

"매번 저런 식이니 일본 국민들도 식상해할 것이 뻔하지만 함부로 입 밖에 내지 못하고 있는 거지요."

"하긴 태생적인 하인 근성 유전자가 어디 가겠소? 그 옛

날 누가 영주가 되든 먹고살게만 해 주면 영지가 점령돼도 상관하지 않았듯이 현세에 와서도 그것이 이어져 누가 국가의 수장이 되든 살아가는 데 지장만 없다면 상관하지 않으니 말이오."

"그랬으니 여태 시민혁명 한번 일어난 적이 없지요."

그만큼 정부의 정책에 순종적이란 뜻.

정영보 원장과 최형만 차장의 대화에 성격이 급한 조택상이 불쑥 끼어들었다.

"원장님, 일본은 이제 하인 근성에서 양아치 근성으로 바뀐 것 같습니다. 양아치 특유의 버릇처럼 깐족대면서 이웃 나라에 시비를 거니 말입니다."

"허허헛, 양아치요?"

"차라리 앗쌀한 깡패가 낫지 양아치라니. 그리고 보면 우리나라도 참 불행한 것 같습니다."

"하하핫, 맞아요. 이웃을 잘 만나야 편한데…… 이웃에 양아치가 살고 있으니 참으로 피곤하네요."

이들 원장과 차장들이 끌탕을 하며 속앓이를 하는 데는 다분한 이유가 있었다.

일본이 저리 막무가내로 말도 안 되는 주장을 하는 건 독도 문제를 국제사법재판소로 끌고 가기 위함이 그 첫째 목적이었다.

어째서냐고 묻는다면?

예를 들어 일본이 '독도는 일본 땅이다.'라고 주장했다고 치자.

이에 한국 정부가 '뭔 소리야? 독도는 한국 영토다.'라고 맞받아 대거리를 하게 되면, 일본은 곧바로 국제사법재판소에 호소할 명분이 생긴다는 점이다.

그러나 한국이 일본이 독도를 가지고 뭐라고 떠들든지 아무런 대거리를 하지 않는다면, 일본은 국제사법재판소에 호소할 아무런 명분이 없게 되는 것이다.

"자, 그건 그렇게 하도록 하고……. 최 차장, 제로에게서는 소식이 없소?"

"없습니다."

"허어, 저런."

"닷새만 말미를 주십시오."

"닷새? 의미가 뭐죠?"

"그 정도면 제로와 연결이 될 것이고 아울러 야스쿠니의 진실도 알 수 있을 겁니다."

"야스쿠니의 진실이라니? 아, 혹시……?"

"원장님이 짐작하시는 게 맞습니다."

"아니, 이, 이봐, 최 차장, 하면 야스쿠니가 사라진 게…….''

"쉿!"

"아!"

"괜찮소. 여긴 도청 방지 장치가 완벽하게 설치되어 있으니 말이오."

"그래도 조심하는 게 좋습니다. 랭글리의 도감청 수준은 날로 발전하고 있으니 말입니다."

"어허! 최 차장, 내가 짐작하는 게 맞는지 물었잖소?"

"조 차장, 아직 확실한 건 아니오. 하지만 닷새 후에는 정확하게 말할 수 있을 거요."

"하! 제발 그럴 수 있었으면 좋겠소. 58년 묵은 체증이 확 뚫리게 말이오."

"그건 나 역시 동감이오!"

제1차장인 김덕모도 오랜만에 끼어들었다.

담용이 인사불성이 된 후로 사흘째 접어들고 있었다.

그 사흘 동안 모모와 난희는 잠도 제대로 자지 못하고 안절부절못하며 교대로 번을 서 가며 담용을 수시로 지켜보고 있는 중이었다.

지금도 방문을 살며시 열고는 담용을 지켜보는 중에 모모가 속삭이듯 말했다.

"저런 자세로 벌써 사흘째지?"

"응, 정신을 잃었던 4시간 정도를 제외하고는 계속 저 자세야."

모모와 난희가 보는 대로 담용은 침상 위에서 결가부좌를
한 채, 담을 비 오듯이 흘려 가며 차크라 운기에 온 힘을 쏟
고 있었다.

그것도 벌써 3일째였다.

"근데 언제 끝나지? 다리도 안 아픈가? 피도 안 통할 텐
데."

"그건 난희 네가 몰라서 그래."

"내가 뭘 몰라?"

"저건 일종의 명상하는 자세야."

"명상? 그게 뭔데? 스님들이 참선하는 걸 말하는 거야?"

"그보다는 단전호흡 같은 거지."

"아, 아, 단전호흡. 근데 이상하잖아?"

"뭐가?"

"단전호흡을 며칠씩이나 하는 게 말이 되느냐고?"

"몸 상태에 따라서 길어질 수도 있다고 들었어. 저렇게 길
어지는 걸 보면, 이수 씨가 중상을 입었다는 증거야."

"오올, 언니, 제법인데?"

'이년아, 나도 명상을 수천 번 넘게 해 본 사람이라고.'

그럴 것이 모모가 닌자 출신이라 임무를 부여받았을 때,
마음의 안정을 취하기 위해 명상 수련을 수도 없이 해 온 터
였다.

여기서 닌자의 실체에 대해 잠시 언급하면.

실제로 일본의 닌자들은 암살이나 격투에 특화된 게 아니었다.

닌자는 본시 적진에 투입돼 암암리에 정찰과 정보를 취합해 아군에게 전달하는 것이 주 임무였다.

그런데 그것이 와전되어 암살이나 독살에 특화된 전문 살인 청부업자로 잘못 전해진 것이다.

물론 어쩔 수 없는 상황에 놓인 경우, 수리검 같은 투척 무기도 사용하긴 했지만, 그건 암살을 위한 것이 아니라 견제나 자위책의 수단일 뿐이었다.

모모 역시 격투에 한해서는 딱 그 정도로만 훈련받은 닌자 요원이었고, 근자에 와서는 명상 수련과 정보 수집에만 올인하고 있는 중이었다.

"이수 씨가 정상이 아니라면 누구랑 싸웠나?"

"글쎄다."

"근데 상처라고는 눈을 씻고 찾아봐도 없잖아?"

"그건 나로서도 이해 불가지만, 우리가 모르는 뭐가 있나 봐."

"언니가 좀 아는 것 같은데, 혹시 예상되는 것 없어?"

"스톱! 거기까지. 더 이상 아는 것도 없고 추측하기도 싫어. 난 어여쁜 숙녀일 뿐이라구."

"히힛, 근데 배도 안 고픈가 봐?"

"짐작이지만 지금은 스스로 치료하느라 그런 걸 느낄 새가 없을 거야."

"그럼 언제 깨어나는지 감도 안 잡혀?"

"그건 걱정할 필요 없어. 지금 분명히 몸을 회복하느라 저 자세를 풀지 못하고 있는 것일 뿐이지 끝나면 저절로 깨어나게 되어 있어."

"에궁, 된장국을 다시 해야 할까 봐. 언제 깨어날지 몰라 데우고 또 데우다 보니 많이 짜졌어."

"열녀 났네, 열녀 났어."

"할 수 없지 뭐, 다시 끓여야지."

"이번엔 나도 좀 주는 거니?"

"노놉! 언닌 그냥 해 놓은 거 먹어."

"이년아, 벌써 세 번째다. 더 먹었다간 혈압 수치가 팍 올라가겠다."

"패혈증에 안 걸리고 좋지 뭐."

"거기서 패혈증이 왜 나오는데?"

"왜긴? 고혈압에 걸리는 게 더 낫다는 뜻이지."

"얘가 뭐래?"

"에헴, 이해가 안 가면 이 몸이 친히 가르쳐 주도록 하지."

"얼씨구."

"어허, 들어 보라니까. 다 살이 되고 피가 되는 얘기니까."

"그래, 약 한번 팔아 봐. 들어 보게."

"진지하게 들어."

"나 엄청 진지해. 보라구, 눈 똘망똘망하지. 귀는 쫑긋하잖아?"

"글쎄, 내가 보기엔 동태 눈깔에 게으른 당나귀 귀 같은데?"

"이게! 죽을라고."

"에헷, 말해 줄게. 패혈증에 걸리지 말아야 하는 이유!"

"……?"

"바로 약이 없다는 거야. 하지만 고혈압은 약이 있거든. 그러니 짜게 먹고 차라리 고혈압에 걸리는 게 훨씬 낫단 말이지. 아 유 언더스탠?"

"뭐야? 음식을 싱겁게 먹으면 패혈증에 걸린단 말이야?"

"그렇지. 소금이 피가 썩는 걸 방지해 주니까. 그러니 적당히 간간하게 먹는 게 좋아."

"아이구, 그러셔? 넌 아는 게 많아서 먹고 싶은 것도 많겠다."

"히힛, 이제 이 몸은 된장국이나 슬슬 끓여 볼까나."

"근데 너……."

"응? 왜?"

"저건 뭐냐?"

담용의 머리 위를 가리키며 모모가 의미심장하게 웃었다.

"뭐길래 웃음이 그리 요사스러……."

모모의 손가락을 따라 시선을 옮기던 난희의 입이 딱 벌어졌다.

옷걸이에 자랑스럽게 널려 있는 브래지어와 팬티.

그것도 야시시한 분홍색 망사 세트다.

'아, 민망해라.'

"앗! 내 브래지어와 패, 팬티……."

"이년아, 조용히 좀 해."

"흡."

"후후훗. 계집애. 이수 씨를 부득불 제 방으로 옮기자고 할 때 알아봤다니까."

"이씨…… 비켜 봐, 치우게."

"아서라. 그러다가 이수 씨를 건드리기라도 하면 큰일 나."

"조심하면 돼."

"어허, 참으라니까."

"안 돼, 아무리 이수 씨라도 결혼하기 전까지 내 치부 가리개를 보여 줄 순 없다고!"

"절씨구. 그 김칫국을 여태 마시고 있었구나? 짜지도 않나 봐."

"남의 사."

모모가 그러거나 말거나 담용을 피해 살금살금 침상 위로 올라간 난희가 제 속옷을 챙기고는 올라갔던 그대로 뒷걸음을 쳐서 내려왔다.

한데, 뭐가 잘못됐는지 미끈하더니 몸이 중심을 잃고 휘청했다.

"앗! 저런!"

조마조마한 심정으로 지켜보던 모모의 입에서 새된 비명이 터져 나옴과 동시에 앞으로 고꾸라지던 난희의 이마가 담용의 머리 위로 떨어졌다.

빡!

마치 박치기라도 하듯 두 사람의 머리가 부딪힌 것이다.

"아악!"

전신에 힘이 들어가지 않는 것은 물론이었고, 아픔의 정도는 머리털 나고 이렇듯 고통스러워했던 적이 없었던 것 같다.

중국 선양에서 뤄시양에게 구함을 받았을 때도 이렇게 고통스럽지는 않았다.

프라나, 이 사기꾼 놈 같으니.

뭐 하나 어려운 것 없이 척척 해결한다 했더니 결국 내게 이런 고통스러운 후유증을 맛보게 해?

몸 된 주인, 몸 된 주인 하더니 아주 죽이려고 작정을 했냐?

뭐? 나만 믿으면 돼? 분신 하나만 떼서 분양시키면 끝이라고?

그럼 나는?

한낱 네 소모품이었던 거야?

에라이. 이 사기꾼아.

그 결과가 이 모양, 이 꼴이냐?

니가 그러고도 소울메이트야?

왜 말이 없어?

어이! 말 좀 해 보지 그래?

갑자기 벙어리가 됐냐?

인마! 어디 숨었어?

야! 야! 야! 야!

야이! 비겁한 놈아!

흥! 한 번만 더 그러면 국물도 없을 줄 알아.

그런데 막 씩씩대며 흥분하고 있을 때, 별안간 눈앞에 익히 보던 노인이 나타났다.

이크크, 흥분을 가라앉히자.

입을 꽉 다물었다.

양반탈 같은 웃음기를 머금은 노인의 미소.

아니, 그보다는 조금 더 부드럽다고나 할까.

포근해지는 기분인 것이 여느 때처럼 한결같은 모습이시

다.

절로 흥분이 가라앉고 마음이 안돈되는 기분.

여하간 매번 이랬었어.

그게 꼭 중상을 당했을 때라는 게 문제지만, 양반탈 웃음기에 뭔가 화두를 잡은 듯한 간질거림이 담용으로 하여금 고통을 확 지우도록 만들었다.

암튼 이건 내 생각이지만, 세상의 그 어떤 화가도 저렇듯 인자한 인상으로 웃고 있는 노인의 인품을 재현해 낼 수 없을 것 같다.

아참, 인사를 드려야지.

─안녕하셨어요? 어르신.

나름대로 존경의 염을 담은 정중한 인사말이었지만 노인 앞에서는 어떤 말로 인사를 해도 경박하게 들릴 것만 같아 얼굴이 붉어지는 기분이다.

그래도 뭐든 품어 줄 것 같은 너그러운 인상이 용기를 내게 했기에 다시 말을 건넸다.

─어르신, 또 뵙네요.

언제 사라질지 모르니 말을 계속 이어야겠다.

─이제는 제 능력이 어르신 덕분임을 잘 알고 있답니다. 감사하게 생각하고 있고요. 그래서 나쁜 일에는 절대 사용하거나 나서는 일이 없답니다. 아, 나를 해치려 하거나 부정한 일 그리고 민족적인 아픔을 해결하는 일에 사용하는 것은 이

해해 주길 바라요. 어르신도 그랬을 것 같아요. 아, 어르신의 고국인 인도도 영국 땜에 피해를 많이 입었잖아요? 분하고 원통했을 것으로 믿어요. 저도 딱 그런 마음이거든요. 네? 뭐라고요?

어르신이 입을 달싹이지만 전혀 못 알아듣겠다.

그런데 어딘가를 가리키고 있는 것 같아 손가락 끝을 따라 갔다.

거기에 마치 동방의 클래식한 나무 지팡이처럼 생긴 모양의 돌기둥이 위태위태한 모습으로 하늘 끝까지 솟아 있었다.

아쉽게도 구름에 가려 끝은 보이지 않았다.

-아, 아. 그거…… 저 알아요. 하늘기둥이죠?

노인의 미소가 더 짙어졌다.

단지 입꼬리만 늘였을 뿐인데 가히 살인적인 미소다.

그 미소에 덩달아 선생님에게 질문을 받고 정답을 맞힌 아이처럼 기분이 좋아졌다.

들뜬 기분에 지킬 수 있을지도 모르는 약속을 덜컥 하고 말았다.

-저, 거기 갈 겁니다. 약속합니다.

아놔. 지금 내가 무슨 말을 한 거야?

아, 가긴 가야 하는구나.

정보망 팀인 (주)포탈 맨파워링의 지사가 인도 남부의 뱅갈로르에 있으니 말이다.

뱅갈로르에서 하늘기둥까지 거리가 얼마나 되는지 모르겠다.

지사장인 락샨은 알 테지.

어쨌든 내 말이 듣기 좋았던지 노인의 입꼬리가 귀밑까지 찢어지는 사태가 벌어졌다.

순간, 살인적인 미소를 날리던 노인의 입에서 솜뭉치같이 하얀 입김이 뿜어져 나오더니 내 콧속으로 흡입됐다.

찰나, 몽롱해지는 기분인 것이 마치 천상을 노니는 기분이 이럴까 싶게 전신이 나른해지면서 동시에 머리가 명경지수처럼 맑아졌다.

고로 심신은 마약을 흡입한 듯한 황홀함 그 자체였다.

노인이 손을 두어 번 흔든다 싶더니 하체부터 시작해 신기루였던 양, 증발되듯 흩어졌다.

담용이 눈가를 파르르 떨리더니 눈을 떴다.

순간, 반개한 눈에 착시인 양, 뇌전 같은 빛이 나타났다가 사라졌다.

마침내 사흘에 걸친 차크라 수련이 끝나고 관조의 단계에 접어든 것이다.

한데, 눈을 반개하는 것을 기다렸다는 듯이 누군가 담용의 정수리로 충격을 가해 오는 것이 아닌가?

빡!

'응? 뭐지?'

풍선이 살짝 스쳐 간 듯한 느낌만이 든 그의 귀에 뾰족한 비명과 함께 부드러우면서도 물컹한 물체가 품 안으로 안겨 왔지만, 그걸 느낄 짬이 없는 담용은 그저 관조를 이어 가며 몰아일체 상태를 유지해 나갔다.

장시간의 관조를 통해 담용은 자신의 뇌가 평소와는 달리 무언가가 꽉 들어차 있는 기분이 들었다.

무겁다기보다는 힘을 분출하지 못해 용솟음치고 있는 느낌이랄까 그런…….

그렇다고 부담스러운 기운도 아닌 그냥 부드러운 솜사탕 같은 느낌이었다.

'이거…… 눈총만으로도 바위를 부술 수 있을 것 같은 기분인걸.'

지금 컨디션으로는 불가능할 게 없을 것 같았다.

'일단 프라나 이 녀석의 버르장머리부터 고쳐 놓고 보자.'

담용은 의식과 무의식 사이에 오도카니 도사리고 있는 프라나를 느끼고는 의념을 전했다.

'프라나, 이리 나와 봐.'

－…….

약간의 감정이 섞인 것을 알았는지 반응을 보이지 않는 프라나다.

　'지금 시치미 뗀다고 해결될 문제가 아닌 거 알지?'

　─……

　'안 나올 거야?'

　─……

　'좋아, 너…… 나가! 필요 없으니 내 몸에서 나가라고!'

　쿨렁.

　'어쭈! 나가기는 싫은 모양인데? 근데 어쩌나? 이미 늦었는걸.'

　─……

　'난 나디만 있으면 충분하니까 넌 나가라고!'

　─……

　'좋은 말로 할 때 나가. 강제로 쫓아내기 전에. 안 나가!'

　─……

　'호오! 널 쫓아낼 능력이 없는 줄 아는데 천만의 말씀이다. 너도 느꼈지? 노인네가 내게 입김을 불어 넣는 거. 그걸로 내 능력이 한 단계 더 업그레이드된 것도 알지?'

　─……

　'마! 모른 척해도 소용없어. 지금 네놈이 내 안에 그냥 눌러앉으려는 걸 모를 줄 알아?'

　─……

'너 없어도 나디만 있으면 충분해. 나디는 네 녀석같이 시건방지지도 않고 말도 잘 들어서 자리를 내줘도 상관없지만, 네놈은 건방이 하늘을 찌르는 데다 몸 된 주인이 죽든 말든 신경도 안 쓰는 철면피라 데리고 있을 이유가 없어. 그러니 지금 당장 나가 줘야겠어. 안 나가면 아예 소멸시켜 버릴 테니 좋은 말로 할 때 나가!'

─……

'어쭈구리, 아직은 여유 있다 이거지? 오냐. 몸 된 주인이 얼마나 무서운지 이번 기회에 똑똑히 알아 두는 것도 좋겠지.'

담용은 마지막 카드를 까발리기로 마음먹었다.

기실 노인이 내뿜은 입김은 두쉬얀단의 마지막 정화였기에 담용은 지금 엄청난 기연을 얻은 것이나 진배없었다.

마치 든든한 식사를 한 것처럼 진원은 충만했고, 고요한 수목원에서 명상을 막 끝낸 듯이 머리는 맑았다.

그랬기에 이제껏 프라나에게 끌려다녔던 '을'의 위치를 '갑'으로 바꿔야 했다.

기연을 얻은 지금은 그럴 자신이 있었다.

'앱설루트 경지에 들어선 건가?'

초능력에도 단계가 있다. 바로 3단계다.

그 첫 번째가 특화된 능력을 자유자재로 다룰 수 있는 경지인 달인, 즉 마스터이고, 다음이 무한의 벽을 넘은 무한자,

즉 언리미터다.

마지막 단계가 절대자, 즉 앱설루트인 것이다.

담용은 막연하나마 그렇게 여기고 있었다.

다만 앱설루트의 경지가 육신을 차크라에 완벽하게 착색되듯 적응시키고 또 차크라의 활용을 최적화시키는 마지막 단계임은 알고 있었다.

그 밖의 경지는 누구도 닿아 본 적이 없어 언급하는 자체가 말이 안 된다.

그래서 용어 자체가 없다.

'뭐, 앱설루트 경지도 와 본 적이 없긴 마찬가지…… 아!'

문득 잊고 있던 생각 하나가 떠올랐다.

'차크라 큐브!'

그야말로 차크라의 정화精華를 일컫는 말이다.

에스퍼들이 말하는 극한의 경지가 앱설루트인 것은 그들만의 원영原靈을 한데 모을 수 있기 때문이다.

즉, 담용의 경우, 바로 차크라를 압축시켜 그 원영이라 할 수 있는 큐브에 모을 수 있다는 것이다.

이건 지나치듯 흘려들은 것이 아닌 담용이 직접 공부하고 익힌 것이라 그 지식의 깊이가 남달랐다.

'홋! 내게서 프라나를 쫓아낸다?'

사실 말이 안 되는 얘기다.

그도 그럴 것이 차크라의 본원진기를 대부분을 차지하고

있는 프라나였으니 몰아낸다는 건 어불성설이다.

하지만 기연을 얻은 이후, 전두엽을 차단한 상태라 프라나는 지금 이전처럼 담용의 기억이나 생각을 읽지 못하고 있는 처지였다.

그뿐만 아니라 차크라도 차단한 상태여서 프라나는 고유의 본원진기 외에는 더 이상 공급받을 수가 없는 상황이었다.

즉, 담용이 스스로 개방하지 않는 한은 프라나가 본원진기를 소모하고 나면 제 역할을 하지 못한다는 얘기다.

그런 탓에 협박이 통하고 있는 것이다.

프라나도 본능적으로 그걸 알지만, 여간 영악한 놈이어야 말이지.

'프라나, 잘 들어. 지금부터 제2차크라인 스바디스타나를 운기해 얀트라의 불을 일으킬 거야.'

ㅡ헉! 야, 얀트라는 왜……?

'너…… 지금 내 하복부 신경총 단전에 있지?'

ㅡ…….

'마! 대답 안 해도 다 알고 있어. 스바디스타나 중에 얀트라의 기운을 몰아서 네게 보낼 거야. 그렇게 되면 어떻게 되는지 알지?'

ㅡ……!

프라나가 놀라는 것이 살짝 느껴졌다.

아마 활활 타서 녹아 버릴 거다.

'난 널 태워서 소멸시켜 버릴 작정이야. 각오하라고.'

－윽! 소, 소멸!

'말도 안 듣고 건방진 데다 혼자 잘난 척하는 쫄따구는 필요 없으니, 과감하게 정리해 버리고 다른 아이를 소환해서 키울 생각이야. 그것도 귀찮으면 나디를 강하게 키워서 부려 먹는 것도 괜찮고. 너! 내가 업그레이드된 거 알고 있지? 아니, 느껴지지?'

－자, 잘못⋯⋯했다.

누구보다도 잘 알고 있는 프라나여서 대번에 꼬리를 내린다.

'흥, 사람을 죽여 놓고 미안하다고 하면 다야? 그리고 더 괘씸한 게 뭔지 알아?'

－⋯⋯?

'몸 된 주인이 죽을 수도 있음을 알면서도 차크라를 마구 갖다 쓴 건 도저히 용서할 수가 없다고!'

－나, 난⋯⋯ 몸 된 주인의 마음을 읽고 그대로 했을 뿐이⋯⋯.

'시끄러워!'

찔끔.

'그렇다고 앞뒤 가리지 않고 나댄다는 게 말이 돼?'

－몸 된 주인은 절대 안 죽는다.

'죽을 뻔했잖아!'

―몸 된 주인이 죽으면 프라나도 존재할 수 없다. 그러니 어떤 상황에서도 목숨은 붙어 있게…….

'마! 그게 말이야, 방구야? 글고 그 고통이 얼마나 지독한지 알기나 해?'

―프라나는 그런 거 모른다. 아니, 느끼지 못한다. 아무튼 미안하게 됐다.

'얼씨구, 고작 그 한마디로 어물쩍 넘어가려고?'

―기회를 줘.

'진심이야?'

―응. 나, 너무 긴 시간 동안 우주를 부유했단 말이야. 그렇게 고생하다가 겨우 몸 된 주인을 만났다고!

'오호! 그런 사실이 있었다고? 갑자기 불쌍해 보이니 이쯤 할까? 어차피 내쫓을 수도 없고 이랬거나 저랬거나 전화위복의 공이 있는 프라나인데.'

하지만 그건 그거고 잘못은 잘못이다.

그냥 용서해 버리면 '어? 이게 벌이었어?' 하고 가볍게 넘길 놈이 프라나인 것을 알고 있었다.

'확실한 조건을 걸어 둬야 안심이 돼.'

담용은 벌은 잠시 미뤄 놓고 큐브의 궁금한 점부터 물어보기로 했다.

'프라나, 너…… 큐브를 형성할 수 있지?'

─어, 새벽에 큐브를 형성할 수 있는 차크라의 양이 생겼어.

역시 담용의 짐작이 맞았다.

'근데 왜 안 알려 줬어?'

─방금…… 그런 걸 느끼지 못한다고 말했다.

"생긴 걸 알았다고 했잖아?"

─평소보다 힘이 넘치니까.

'으음, 이게 뭔 뜻이지?'

그러니까 차크라의 분량이나 수치가 얼만지 정확하게 알고 있지 않다는 증거다.

다만 적어도 완전히 소멸되지 않게 하는 마지노선은 정해져 있다는 것이다.

그리고 프라나의 사고가 담용에게서 시작되듯이 인간의 뇌처럼 세밀하지 않다는 것과 절대 만능일 수 없다는 것을 이번에 확실히 알았다.

뭐, 차크라를 완전히 소멸시키지만 않는다면 큰 문제는 없을 것 같다.

그걸 전적으로 프라나에게 맡겨 두기보다는 담용도 주기적으로 신경을 쓰고 있어야 한다는 얘기였다.

'좋아, 그건 그렇고 큐브의 용도가 뭔지는 알고 있어?'

─안다.

'뭔데?'

－몸 된 주인에게 원거리 살상 무기가 생겼다는 거지.

'앗싸라비아!'

'훅!' 하고 불끈 원기가 솟아오르는 감정에 얼굴이 확 달아오르는 기분이 들었다.

기실 차크라로 인해 인간으로서는 거의 전능하다시피 한 담용이었지만 딱 한 가지가 아쉬웠다.

바로 원거리용 무기로 사용할 만한 아이템이 없다는 점이었다.

물론 프라나나 나디를 이용해 적을 괴롭힐 수는 있겠지만 살상 무기라고 보기는 어려웠다.

'예를 들면?'

－말하면 안 되는데…….

'내가 주인이라며?'

－그건 당연히 영원불변이지.

'근데?'

－…….

답답했다. 여태껏 이런 적이 없었던 프라난데.

'이봐, 프라나, 적어도 몸 된 주인은 알아야 되지 않아? 안 그러면 몸 된 주인의 자격이 없지 않겠어?'

－이전 몸 된 주인은…….

'어, 아참, 그분 이름은 알고 있어?'

－몸 된 주인의 3차 각성으로 차크라 양도 풍성해졌지만

동시에 저장되어 있던 많은 기억들의 봉인이 풀렸어.

'호오! 그랬어?'

듣던 중 반가운 소리였고, 또 프라나에게 직접 들으니 담용의 기분도 덩달아 고조됐다.

-두쉬얀단.

'두쉬얀단?'

-어, 그분은 인도의 성자였어. 지위 고하를 막론하고 누구나 존경했지.

'아, 그분은 주로 어디 계셨지?'

내내 품어 왔던 미스터리 하나가 풀릴 조짐이 보여 얼른 물었다.

-하늘기둥.

하늘기둥이란 단어에 담용의 뇌리에 퍼뜩 떠오르는 것이 있었다.

마치 영화에 등장하는 도사나 마법사가 지니고 다닐 법한 비뚤비뚤한 나무 지팡이처럼 하늘 끝까지 꼬불꼬불 올라간 그 돌기둥.

짐작하고 있었던 것이 확신으로 변하는 순간이었다.

'하늘기둥 아래서 머무셨구나.'

-아니, 꼭대기에서 살았어.

'헛! 꼬, 꼭대기?'

-응.

'거길 어떻게 올라가? 끝이 안 보이던데?'

비몽사몽간에 본 모습은 그랬다.

─그냥 평지처럼 걸어 올랐어.

'……걸어서 올랐다고?'

담용은 잠시 자신이 그럴 수 있을까 하고 머리를 굴려 봤지만, 현재로서는 불가능한 일이란 걸 알았다.

뭐, 열심히 수련하다 보면 언젠가는 그도 그런 경지에 오를 수 있겠지만 지금으로서는 요원한 일이었다.

'그래서? 살상 무기를 어떻게 사용하는데?'

─성자는 살생에 인색하셨어.

'그야 명색이 성자인데 당연할 테지.'

─그런데 당신 평생 딱 한 번 살생을 했지.

'헉! 빅 뉴스다! 어, 어떻게?'

─인도에 카슈미르라는 지방이 있어.

'어, 나 거기 조금 알아. 파키스탄과 접경 지역이잖아?'

사실 미지의 힘이 인도와 관련된 것 같아 공부를 좀 했었다.

또한 정보망 팀인 (주)포탈 맨파워링이 인도 남부 도시인 뱅갈로르에 지사를 두고 있기도 해서 겸사겸사 알아본 것이다.

잠깐 언급하자면, 카슈미르는 인도와 파키스탄이 서로 자기네 땅이라고 주장해 몇 차례 전쟁까지 치렀던 지역이었다.

지금도 여전히 팽팽한 긴장이 이어지고 있었고, 한국의 휴전선처럼 세계의 국제 분쟁 지역 중 한 곳이었다.

그럴 것이 카슈미르 주민의 대다수가 파키스탄과 같은 회교도였기에 파키스탄에 속하기를 원하는 저항 세력이 만만찮다는 것이다.

그리고 서유기에 나오는 현장 법사가 도착했던 곳이라나, 뭐라나?

하여튼 무척 골치 아픈 지역으로 알려져 있는 곳이 카슈미르였다.

아울러 언젠가는 담용이 가야 할 지역이기도 했다.

─맞아, 또 뭘 알고 있는데?

'음…… 뉴스에 가끔 나오는 걸 보면 하루도 평화롭게 지나가지 않는 분쟁 지역이라던데?'

─맞아. 성자가 꼭 백 세를 맞았을 때였어. 그날도 성자는 여느 날과 다름없이 몰려든 청중에게 고행의 삶에 대해 설파하고 있었지. 아, 카슈미르는 지대가 높은 곳이야. 해발 2,000m정도 되는데, 성자는 외곽으로 조금 나가서 해발 2,300m쯤인 고원에서 늘 해 왔지.

말투가 전에 없이 자연스러운 데다 길게 이어지는 것이 기억이 완벽하게 복원된 건 맞는 것 같았다.

'그, 그래서!'

─청중은 구름같이 많았고, 성자는 높은 연단 위에서 설파

하는 중이었지. 그런데 난데없이 언덕배기에서 큰 마차 세 대가 청중을 깔아뭉개 버릴 듯이 돌진해 오지 않았겠어?

'아, 아…….'

딱 그림이 그려지고 그다음 일이 연상됐다.

―불온 세력이었어.

'불온 세력? 뭐야 그게?'

―그 당시 혼란스러운 상황을 기회로 여기는 자들이 많았 거든.

'아, 그래?'

―세 대의 마차들은 한 대를 앞세운 상태였고 두 대는 양 쪽 뒤로 조금 처진 채, 무시무시한 속도로 돌진해 왔어.

품자형으로 돌진해 왔다는 소리로 들렸다.

―성자가 내게 의념을 전해 왔어.

'뭐라고 했는데?'

담용은 되물으면서도 성자의 방식이 자신과 같다는 것에 고무됐다.

―프라나, 화약 냄새가 진동을 하는구나.

'자살 폭탄 마차!'

―정답! 와! 몸 된 주인, 정말 대단하다.

'이까짓 거 가지고? 마! 테러분자들이 많이 애용하는 수법 이라 개나 소나 다 알고 있는 거라고! 어쨌든 그래서 어찌 됐 는데?'

-성자의 그 한마디가 날 떠민 거지 뭐.

'아냐, 궁금하게. 풍성해진 차크라의 부작용인가? 왜 이리 의뭉스럽게 구는 거지?'

뜸을 들이자, 살짝 화가 나려고 그런다.

-프라나, 살생을 허락하노라.

'오호!'

-성자가 워낙 인자한 분이었기에 상대를 해치라는 명령이 없는 한 프라나도 인자하거든. 닮았으니까.

'그거 나 들으라고 하는 소리지? 그런데 어림도 없다. 잔인할 때는 얼마든지 잔인해지는 나라고.'

그래도 속내를 숨기고 편을 들어 호응해 주었다.

'그럼, 같이한 세월이 얼만데.'

-맞아. 성자가 80세가 됐을 때, 내가 생성됐으니 20년 동안 함께한 거지.

성자의 당시 나이가 백 세라면 맞다.

근데 모르던 걸 알게 해 준 것까지는 좋다만 본론이 뭘까?

'결론은 어떻게 됐어?'

-어떻게 되긴? 전부 터뜨리고 날려 버렸지.

'아, 뭐야? 잔뜩 기대하고 있었는데.'

하긴 거기서 더 어떻게 표현할까만, 터뜨리고 날린 수법이 많이 궁금했다.

'뭐, 기회가 있겠지.'

─성자는 그 충격 때문이었던지 이후부터 하늘기둥에서 내려오지 않았어.

'에? 먹는 건 어떡하고?'

─수발드는 제자가 있었지.

'아, 아…….'

그 제자가 아직까지 살아 있다면 만날 수도 있겠다 싶은 담용의 생각이었다.

─이상이야.

'어, 잘 알았다.'

근데 혼내는 건 마무리를 해야 했다. 하다가 말았으니까.

'이제 벌을 받아야지?'

─윽, 몸 된 주인 뒤끝 작렬인 줄은 몰랐다.

'내가 원래 좀 그래. 그럼 좀 깎아 주도록 하지.'

─어, 얼마나?

'몰랐던 걸 알게 해 준 공로도 있으니까 조금만 태우자고. 5% 정도?'

─5, 5%씩이나?

'그 정도야 금세 보충할 수 있잖아?'

─내, 내 고통은 어쩌고?

'시끄럽고. 시작할 테니 너도 준비해.'

─자, 잠깐만─!

'뭐? 또?'

—몸 된 주인. 나 초범이지?

'초범? 뭐, 그렇긴 하지. 그게 이유가 되나?'

—추, 충분히 이유가 돼! 그리고 또 하나!

'응? 또 있어?'

—프라나는 앱설루트 경지에 들 때까지는 미완성이거든. 미완성이면 정신적으로 문제가 있을 수 있다는 말이잖아?

'하! 이 자식…… 지금 초범에다 정신박약이라는 걸 강조해 형량을 줄이려고 발버둥을 치다니.'

—거기에 결정적으로 프라나가 진심으로 잘못을 반성하고 있잖아.

'얼씨구, 언제 또 법전은 공부했지? 어, 나 때문이었구나. 아무튼 법전이 애를 다 버려 났다.'

—응? 몸 된 주인, 집행유예로 좀 안 될까?

'헛! 져, 졌다.'

집행유예.

판사가 유죄의 판결을 한 뒤 형의 선고를 함에 있어, 일정한 기간 그 형의 집행을 유예하는 제도를 말한다.

결국 벌을 미루자는 뜻.

더구나 이 정도까지 알고 있다면 벌을 주고 싶어도 못 준다.

그래도 강행한다면, 몸 된 주인은 밴댕이 소갈딱지가 된다.

　─응, 몸 된 주인? 한 번만. 응?

　'아, 짜식이…… 맘 약하게 만드네.'

　내심을 감춘 담용이 다시 말을 걸었다.

　'크흐흠, 그거 진심이지?'

　화들짝!

　축 늘어져 가던 차크라가 활짝 깨어나는 게 다 느껴졌다.

　'좋아, 진심으로 반성하는 게 느껴지니, 이번 한 번만 용서
하겠다.'

　─모, 몸 된 주인, 고맙다.

　'대신에! 몸 된 주인의 말이라면 무조건 복종하도록.'

　─물론이지. 죽는시늉이라도 할게.

　'하나 더!'

　─……?

　'나디를 자유롭게 풀어 줘.'

　─그, 그건…….

　'안 된다고?'

　─아, 알았어. 하지만 예속된 종속 관계는 나도 어쩔 수 없
어. 운명적으로 엮여 있는 것이거든.

　'마! 나도 그것까지는 안 바래.'

　─그럼 나 용서받은 거야?

　'몸 된 주인은 한 입으로 두말 안 하는 사람이야.'

-으아아…….

'어떻게 보면 참 단순한 놈이란 말이지.'

그런데 예전과 달리 영악한 면이 단순한 면보다 더 강해진 것 같다.

'시끄럽고. 일단 들어가 있어. 아참! 편의점에서 쓸어 온 거 꺼내 놔.'

-그건 나디에게 말해.

'아, 그런가? 나디, 전부 내놔 봐.'

울렁. 와르르르.

'헐, 많기도 해라.'

이 정도 양이면 편의점 하나를 통째로 쓸어 오다시피 한 것 같다.

와르르르…….

계속해서 쏟아져 나오자, 파묻힐 것을 염려한 담용이 출입문으로 피했다.

쿵. 쿵.

이건 생수통이 바닥에 떨어지는 소리였다.

'그, 그마안-!'

실내를 가득 채울 양이다 보니 담용이 앉아 있을 자리도 없어질 판이었다.

'어이, 나디, 그만!'

와르르르…….

"그만하라고!"

뚝.

그 말대로 마구 쏟아지던 것이 뚝 그쳤다.

'전부 쏟은 거냐?'

—응.

'휘유! 이게 다 얼마야?'

그야말로 출입문 쪽만 제외하고는 방 전체에 걸쳐 담용의 키만큼 쌓였다.

'며칠 먹을 것만 가지고 오라고 할걸.'

욕심이 너무 과했다.

그 탓에 편의점 점주는 적자를 면치 못할 테고.

'이거…… 정리하려면 한참 걸리겠군. 얼라? 그러고 보니…….'

담용은 그제야 몸을 한 바퀴 돌리면서 방을 둘러보았다.

쏟아 낸 물품들로 인해 마구 어질러진 방이었지만 앙증맞은 비품들로 아기자기하게 정돈된 분위기가 눈길을 끌었다.

절대 털털한 성격인 모모의 방은 아닌 것 같다.

난희를 떠올리자, 조금 전 그녀를 안았던 것이 생각났다.

본의는 아니었다 해도 무척이나 부끄럽고 민망해하던 난희의 모습을 떠올리자, 방을 나서기가 주저됐다.

꾸륵. 꾸륵. 꾸르르륵.

'이런, 갑자기 허기가 지는군.'

근데 여느 때와는 다른 심상치 않은 허기인 것이 별안간 뱃가죽이 등가죽에 착 달라붙는 느낌이다.

그도 그럴 것이 담용은 아직 자신이 사흘이나 굶었다는 것을 모르고 있었다.

꾸륵. 꾸르르르르륵.

'윽, 도저히 못 참겠다. 나디, 물과 쌀, 라면, 과자, 반찬 종류로 며칠 먹을 것만 남겨 놓고 다시 집어넣어.'

울렁!

순간, 그 많던 물품들이 거짓말같이 사라지면서 극히 일부만이 남았다.

조금 적은 듯했지만 모자라면 더 꺼내면 될 것이니 문제 될 게 아니었다.

'나디, 잘했어.'

울렁. 울렁.

칭찬은 프라나나 나디에게 큰 힘이 됨을 알기에 절대 잊지 않는 담용이었다.

배가 너무 고팠던 담용이 얼른 방문 손잡이를 잡아 돌리고는 밀었다.

벌컥! 퍽!

"악!"

"엇!"

새된 비명에 깜짝 놀란 담용의 입에서 당황한 음성이 흘

러나옴과 동시에 꼿꼿한 자세로 쓰러지는 인영이 눈에 들어
왔다.

식겁한 담용의 몸이 쭈욱 늘어났다.

아니, 그런 착각이 들 때, 잽싸게 인영의 어깨를 붙잡고는
확 끌어당겼다.

픽!

너무 세게 끌어당긴 나머지 가슴과 가슴끼리 세차게 부딪
치고 말았다.

물컹!

"흡!"

"어? 모모……."

"아우우…… 아파!"

"어, 미, 미안하오."

담용은 방금의 요상한 감촉에 얼른 떨어졌다.

"아우우우……"

오른손은 이마를 잡고 왼손은 가슴을 감싸 쥔 모모가 고통
스러워하며 쪼그려 앉았다.

'아, 미안해라.'

담용은 고통이 제법 클 것임을 알았다.

부딪치는 감각이 그랬으니까.

추접한 일본의 의도

도쿄 이나가와카이 본부.

또릉. 또르르릉.

거실의 탁자에 비치된 엔틱한 다이얼 전화기가 울렸다.

"이쿠다요."

ㅡ이, 이쿠다 상, 나 고바야시 경부요.

"오! 마침 전화를 기다리고 있었소이다."

ㅡ안 그래도 기다릴 것 같아서 연락부터 드리는 거외다.

"놈을 찾았소?"

ㅡ미안하지만 왕원샹이란 녀석을 찾지 못했소.

"아니, 어째서……?"

ㅡ놈이 공항에 도착한 즉시 지하철로 이동해 미츠코시마

에역에서 하차한 것까지는 확인했소만, 그 이후의 행적을 도무지 알 수가 없소이다.

"그때의 시간이 어떻게 되오?"

—새벽 2시 10분 전이었소. 그리고 칭화대학에 왕원샹이란 이름의 학생은 없었소. 아울러 최근 10년 내에 졸업한 학생 중에도 왕원샹이란 이름은 없었소이다. 짐작하고 있었겠지만 아무래도 거짓말을 한 것 같소.

"으으음. 고바야시 경부, 수고했소이다."

—이거 미안하오이다.

"아니오. 바쁜 와중에 애써 줘서 감사하오."

—일단 몽타주는 확보했으니 계속 찾아는 보겠소이다만, 시국이 어수선해서 전적으로 몰입하기는 힘들 것이외다.

"계속 부탁하오."

—그러지요.

철컥!

"고바야시 경부요?"

이쿠다가 전화기를 놓자, 사카이가 물었다.

"그놈을 찾지 못했다고 합니다. 아니, 사라졌다는군요."

'쯧, 그 말이 그 말이지.'

"아무래도 고바야시 경부가 그쪽으로 신경을 온전히 쓰지 못한 것 같습니다."

"그럴 수밖에."

모두 야스쿠니의 소멸 때문임을 모르는 사람은 없을 것이다.

"그 때문에 모리구치구미도 운신이 어려웠지요."

"그 점은 다행이긴 한데…… 그나저나 극진흑룡회의 도움을 받기는 글렀다고 봐야 하는 거요?"

"왕원샹이란 놈을 찾기 전에는 비벼 볼 만한 사유가 없지 않겠습니까?"

"애석하군."

"노디를 믿어 보는 수밖에요."

"여태 소식이 없잖소? 게다가 시일도 넘겨 버렸고."

"그 대신 전투가 벌어지지 않을 거란 말을 전해 와 한숨 돌렸지요."

"뭐, 그거야…… 그러지 말고 카포에게도 의뢰를 넣어 보는 건 어떻소?"

"예? 카, 카포요?"

적지 않게 놀랐는지 이쿠다의 목소리가 커졌다.

"사카이 님, 러시아 마피아에 의뢰하는 건 좀……."

"아, 아, 나도 마땅치 않다는 걸 아오. 하지만 당장은 발등에 붙은 불부터 끄고 봐야지 않겠소?"

"……!"

틀린 말을 아니었지만 그래도 못마땅했는지 이쿠다의 표정만 봐도 수긍하는 기색이 아님을 알 수 있었다.

"카포의 일이 잘못되면 내가 책임지겠소."

"그렇게 한다고 해서 해결될 일이 아니잖습니까?"

"카포 측의 킬러가 반드시 총으로 해결한다고 할 수는 없지요. 이외에 다른 방법이 있다면 제안해 보시오. 난 무조건 따를 테니 말이오."

"……."

할 말이 없었는지 이쿠다가 눈만 끔뻑거렸다.

"말이 없으니 동의한 줄 알겠소. 연락은 내가 하리다."

"아, 자, 잠시만요."

"……?"

"노디에게 다시 한번 확인해 보고 시도하도록 하지요."

끄덕끄덕.

"그것도 좋겠지. 하지만 노디라고 해도 그만한 실력자를 구하기는 쉽진 않을 거외다."

"그 영감은 여태 실패한 역사가 없었습니다. 더구나 아직 의뢰가 진행 중인 상태이기도 하고요."

"나 역시 또 한 번 그래 주기를 간절히 바라는 바지만, 결과를 듣고 다시 시도하기에는 너무 늦은 바가 있어서 그러는 거요."

"저도 잘 알고 있습니다.

"……."

달랑 의자 두 개만 있는 간이 식탁을 둘러앉은 세 사람.

찹찹찹. 달그락 닥닥.

말이 없는 가운데 담용이 음식을 게걸스럽게 먹어 치우는 소리만이 들려왔다.

난희는 벽에 기댄 채, 의자에 올린 다리를 꽉 죄듯 모으고는 미간을 잔뜩 찌푸리고 있었고, 보조 의자에 걸터앉아 식탁에 팔꿈치를 받치고 턱을 괴고 있는 모모 역시 기색이 별로 편치 않아 보였다.

두 여인의 공통점은 눈에 띄게 불거진 이마를 달걀로 부지런히 문질러 대며 담용이 먹는 모습만을 멍하니 쳐다보고 있다는 점이었다.

거기에 격식이고 뭐고 정말 게걸스럽게 오로지 먹는 데만 열중하고 있는 담용의 모습으로 인해 더 어정쩡한 분위기가 연출되고 있는지도 몰랐다.

이 모두 누구도 의도치 않았던 일련의 사건(?)으로 인해서였다.

딱히 누구의 잘못도 아닌 이마와 이마가 박치기하고 이마와 방문이 부딪친 우연의 결과물이라 셋 모두 기가 막히고 코가 막혀서인지 꿀 먹은 벙어리처럼 입을 꾹 다물고 있는 중이었다.

게다가 모모와 난희 모두 담용에게 안기는 불상사(?)까지 겪다 보니 심사마저 복잡했다.

툭툭.

난희가 모모를 발가락으로 건드리자, 모모가 '왜?'라는 입 모양을 만들어 물었다.

역시 난희도 '이수 씨, 얼굴 좀 봐.'라고 입을 벙긋거렸다.

"……?"

의혹의 빛을 띠던 모모가 새삼스럽다는 표정으로 담용을 쳐다보더니 곧 눈이 화등잔만 해졌다.

'옴머, 옴머, 이게 무슨 일이래?'

있는 대로 커진 눈으로 난희를 쳐다보자, 난희가 '언니도 놀랐지?'라는 입모양을 했다.

끄덕끄덕.

이심전심이었던지 서로가 의도한 바를 공유한 두 여자는 얼굴이 원래 저랬었나 싶을 정도로 3일 동안 확 젊어진 담용의 얼굴을 한참이나 쳐다보았다.

모모와 난희가 보는 그대로 담용은 간밤의 기연으로 또 젊어져 있었던 것이다.

암튼 그러거나 말거나 먹는 데만 정신이 팔린 담용은 10여 가지나 되는 음식을 품평하기에 바빴다.

'음식이 의외로 입에 맞는군.'

사실 꿀맛이었다.

3일을 굶었으니 왜 안 그렇겠는가?

사흘 열 끼를 굶어 봐라. 코딱지도 양념된다고 하지 않는가?

게다가 바삭한 튀김옷을 입은 돈가스는 살코기가 부드러운 데다 육즙까지 입에 맞았고. 흰 쌀밥에 살포시 올려놓은 후리카케는 입맛을 더 돋게 해 자꾸 손이 가게 했으니 담용이 환장할 만했다.

후르륵. 후륵.

급하게 먹다 보니 목이 메어 두툼한 그릇에 담긴 오뎅나베를 몇 숟가락 떠 넣었다.

표고버섯 향이 뭉실한 것이 입안에 착 감겨 왔다.

'호오, 이것도 괜찮네.'

지극한 만족감에 젖은 담용의 손이 더 바빠졌다.

'음식은 확실히 여자 손이 가야 맛있어.'

상황이야 어찌 됐든 오랜만에 제대로 포식을 하는 것 같아 즐거웠고, 장소가 가정집이라는 것 또한 마음을 느긋하게 했다.

'아……'

너무나 배가 고팠던 나머지 염치가 없었다는 것이 그제야 생각났다.

'이쯤해서 감사의 인사 한마디는 있어야겠지?'

동작을 잠시 멈춘 담용이 입을 열었다.

"음식이 너무 맛있네요. 두 분 솜씨요?"

절레절레.

'엥?'

아니라고?

근데 말없이 고개만 젓는 모모의 표정이 조금 요상했다.

"무슨 일이 있었어요?"

도리도리.

이번에는 몽롱한 눈빛을 한 난희가 고개를 저었다.

'……?'

잠시 갸웃한 담용이 아차 싶었던지 재차 물었다.

"두 분…… 식사는 했나요?"

끄덕끄덕.

이번에는 둘 다 고개를 끄덕였다.

'참…….'

그 단순한 동작이 담용으로 하여금 말을 잇지 못하게 한다.

더불어 밥을 먹는 것도 어색하게 만들었다.

'쩝, 소화불량에 걸리겠군.'

담용도 그제야 배가 고파 둔감해졌던 눈치가 되살아났다.

탁!

수저를 놓았다.

"왜, 더 먹지 않고……."

"갑자기 입맛 밥맛 다 달아나 버렸소."

"풋!"

모모의 말에 담용이 시큰둥하게 말을 받자, 별안간 난희의 입에서 제법 큰 파편이 튀어나왔다.

턱!

파편이 담용의 콧등에 달라붙었다.

'껌?'

맞다, 파편은 난희가 씹고 있던 껌이었다.

"옴마나! 죄, 죄송해요."

"괘, 괜찮소."

얼른 다가오려는 난희를 말린 담용이 직접 껌을 떼어 냈다.

"죄송해요. 이수 씨가 말도 안 되는 말을 하기에……."

"제가요?"

"네."

"뭘 말이오?"

"직접 보세요."

난희가 식탁을 가리켰다.

"이렇게 싹 다 비워 놓고선 입맛 밥맛이 없다고 하면서 숟가락을 놓으니 너무 우스워서 그만……."

'헐.'

난희의 말대로 입맛 밥맛이 없어졌다는 것은 다 거짓부렁이었다.

왜냐?

식탁에 놓인 음식 중 대부분이 빈 그릇이었기 때문이었다.

'얼라? 언제 다 먹었지?'

그만큼 허겁지겁 먹어 댔다는 증거다.

"크흠흠, 두 분 덕분에 잘 먹었소. 감사하오."

"호홋, 이해해요. 3일을 굶었으니 이 정도면 약과죠."

"에? 사, 삼 일이라니요?"

"어? 모르셨어요?"

"저, 정말 3일이 지났단 말이오?"

"그럼요. 사실 난희가 한국에서 가져온 된장으로 국을 끓여 놓았는데, 어제저녁까지 자꾸 데우다 보니 점점 짜져서 우리가 먹어 버렸거든요."

"……!"

'하! 잠깐이라 여겼건만…….'

그사이 3일이 지났다니.

믿기지가 않았고 처음 있는 일이었다.

그동안은 길어야 하룻밤 정도였다.

3일이 지났다면 뭔가 심상치 않다는 느낌이 왔다. 필시 기연이 있었던 것이 분명했다.

막연했던 추측이 실제가 되는 순간이었다.

그렇다면 이렇듯 한가하게 있을 시간이 없다.

"밖은 어떻소?"

"난리예요."

"……?"

"직접 보시는 게 나을 거예요."

모모가 리모컨을 집더니 TV를 켰다.

-지옥이 인간 세상에. 아니 우리 일본 땅에서 구현된 것입니까? 우리 대일본에 그림 리퍼Grim Reaper가 현신한 것일까요? 이럴 수는 없습니다! 아아아…… 이제는 고쿄가 위험합니다. 지옥유령이 고쿄로 오겠다는 협박을 한 지도 3일이 지나고 4일째를 맞이하고 있습니다.

대뜸 들려오는 첫마디가 아나운서의 통탄 어린 음성이었다.

"3일째 TV만 틀면 저러고 있는 중인데, 이제는 지겨울 정도예요."

"그림 리퍼? 그림 리퍼가 뭐야?"

난희의 말에 모모가 물었다.

"서양의 저승사자야. 그 왜 큰 낫을 들고 있는 말라깽이. 토호시네마에서 본 적이 있잖아?"

"아, 시니가미 옆에 세워져 있던 그림 말이지?"

"맞아, 일본의 저승사자 옆에 있던 검버섯 말라깽이."

"아, 이제 알겠다."

"이수 씨, 지옥유령이 고쿄를 치겠다고 경고장을 날렸대요."

"고쿄면…… 일본 왕이……."

어눌하게 묻는 천연덕스러운 말에 난희가 대뜸 말을 받았다.

"맞아요. 일본 왕이 머물고 있는 거처죠. 아, 마침 나오네요."

　－고쿄 현장에 나가 있는 취재기자를 불러 보겠습니다. 카도와키 기자!

　살짝 노이즈 현상이 생긴다 싶더니 이내 정상적인 화면이 뜸과 동시에 헬기 로터음과 웅웅거리는 소음이 들려왔다.

　－고쿄 상공을 날고 있는 카도와키 기자입니다.

　－아, 말씀대로 고쿄가 한눈에 보이는군요. 지금은 어떤 상황입니까?

　－아키히토 천황 내외와 황태자 내외 그리고 가신들과 종사 직원들 모두 이미 모처로 신변을 옮긴 상태입니다.

　－그렇다면 지금은 텅 비어 있겠군요?

　－그렇습니다. 대신에 5백 명에 가까운 경찰과 육상자위대 병력

1사단 32연대가 포진한 가운데, 경계를 강화하고 있는 상황입니다.

—이제 4일째 날이 밝았는데요. 지옥유령이 나타날 기미가 보이는지요?

—그런 기미는 전혀 보이지 않습니다. 본 기자도 이곳 경계 병력과 같이 밤을 새웠습니다만 밤새 대낮같이 밝은 불빛 아래 병사들이 생쥐 한 마리 지나가는 것조차 사살해 버릴 정도로 고쿄는 지금 살벌한 분위기입니다.

—아, 그 정도로 삼엄합니까?

—그렇습니다. 현재 감시 카메라가 고쿄 전역에 걸쳐 사각이 없이 촘촘하게 설치되어 있습니다. 아마 귀신이라도 포착되기만 하면 빠져나가기 어렵다고 봅니다. 고로 국민들께서는 행여 장난일지라도 고쿄 근처는 얼씬도 하지 않기를 바랍니다. 자칫 돌이킬 수 없는 사태에 이를 수도 있으니까요.

—물론 그 전에 차단을 시키겠지요?

—그렇습니다. 이미 고쿄 주변으로 반경 1킬로미터 안에는 사람들의 통행을 금지하고 있는 상황입니다.

—이번 사태는 어느 부서에서 주관하고 있습니까?

—내각관방부에서 주관하고 있습니다. 고쿄 정문에는 임시 본부가 설치되어 있으며, 마츠카와 아카리 장관이 직접 나와 진두지휘하고 있는 중입니다.

—아, 정말 수고가 많군요. 그럼 카도와키 기자, 수고해 주시고요. 혹시라도 변동 사항이 생기면 즉시 연결하도록 하겠습니다.

―예, 고교 상공에서 카도와키 기자였습니다.

그 말을 끝으로 사이드 화면이 사라지고 다시 스튜디오 앵커가 화면의 중심에 잡혔다.

―다음은 오늘 아침 7시를 기해 외무성에서 발표한 담화문을 다시 한번 들어 보도록 하겠습니다.

화면에는 곧 십수 개의 마이크가 다닥다닥 밀집된 협탁 뒤에 앉은 40대 중반의 반대머리 사내가 잡혔다.
헛기침을 몇 번 한 사내가 꾸벅 절을 하더니, 자신이 외무성 아주국장 가토 료조라고 소개했다.
이어 지체 없이 담화문을 읽어 갔다.

―다케시마는 역사적으로나 국제법적으로나 일본 영토이자 시마네현 5개 촌에 속해…….

'참으로 독살스러운 나라로구나.'
기실 일본의 식자識者라면 독도가 대한민국 영토임을 모르는 이는 없다.
그럼에도 불구하고 저렇듯 뻔뻔하게 나오는 데는 일본이 태생적으로 지니고 있는 국토의 문제 때문이다.

바인더북

화산과 지진 그리고 지금도 미세하긴 하지만 땅이 침식되고 있는 상황이다 보니 한반도를 노리지 않을 수 없는 입장인 것이다.

독도는 단지 그 시발점일 뿐이라는 것.

뭐, 태생적이 이유라는 것이 전부는 아니겠지만, 대륙으로의 진출을 오매불망 바라는 것이 원초적인 소원 중 하나라고 보면 틀리지 않다.

"흥! 말도 안 돼!"

흥분한 난희가 콧방귀를 날리고는 고개를 핵 돌렸다.

"들을 가치도 없어!"

"얘! 이유가 뭐야?"

"아, 언니는 모를 수도 있겠네."

"내가 뭘?"

"자, 자, 마저 듣고 나서 얘기하도록 합시다."

-한국은 알아야 한다. 우리 일본이 힘이 없어 참고 있는 것이 아니라는 것을. 그 예로 일본의 해군력은 막강하다. 미국, 러시아에 이어 세계 3위의 해양 강국…….

"우아! 이건 숫제 협박이네. 이수 씨, 저래도 되는 거예요?"

"……."

─이건 절대 과장이나 엄포가 아니다. 실제로 한국의 해군 7, 8할은 바다에서 몽땅 사라지게 된다. 그러나 우리 일본은 무력이 충분하고도 넘치지만 평화를 사랑하는 국가…….

　"하! 어이가 없네, 정말. 일본 정치인들 수준이 왜 이래?"
　뉴스를 들은 난희가 분했던지 방방 뛰었다.
　"넌 또 왜 흥분하고 그래?"
　"내가 흥분 안 하게 됐어?"
　"뭐가 잘못된 건데 그래?"
　"에궁, 이걸 어떻게 설명해야 하나? 이수 씨, 사학 전공자라면 잘 아실 테니까 설명 좀 해 봐요."
　"하핫, 모모도 대충 알 겁니다."
　"아뇨, 이 언니 절대로 몰라요. 배워 본 적이 없으니까요."
　"정말요?"
　"네! 일본은 제대로 된 역사를 안 가르치거든요. 특히 동아시아 역사에 대해서는 더 그런 면이 있고요. 설령 가르친다고 해도 왜곡해서 가르쳐요."
　'쯧, 그게 국가가 할 짓인지…….'
　이러니 한일 간의 갈등이 가라앉을 리가 없는 거다.
　"그리고 일본의 대외 역사는 편리할 대로 갖다 붙여요."
　"예? 그게 무슨 말……?"
　"우리나라와 중국 그리고 미국을 대할 때마다 역사가 달라진다는 말이에요."

"아, 그건 전혀 몰랐네요."

'나라가 무슨 카멜레온도 아니고.'

"이 기회에 이수 씨가 언니한테 똑바로 좀 가르쳐 주세
요."

"그러죠. 모모, 그래도 돼요?"

"네! 원하던 바예요."

"그럼 먼저 물어볼 게 있어요."

"뭔데요?"

"모모는 일본에서 교육을 받았지요?"

끄덕끄덕.

"여기서 나고 자랐으니까요."

"독도에 대해 뭐라고 배웠나요?"

"구체적으로 배우지는 않았어요. 교과서에도 기재되어 있
지 않았고요."

'아, 초등 교과서에 기재되는 게 언제였지?'

담용이 기억을 떠올리기 위해 뇌를 건드려 보니 독도가 일
본 땅이라고 기재되는 때가 앞으로 10년 후인 2011년이었다.

"다만 그냥 예로부터 일본 고유의 영토라고만 했어요."

"역사적 근거는요?"

절레절레.

"그건 건 들은 기억이 없어요. 단지 다케시마라고 하면서

일본 영토이고 한국은 무인도로 여기고 있다고 했어요."

"그렇군요. 그런데 모모."

"예?"

"사실 일본은 역사적으로 한국 선조들의 삶의 방식과 지혜를 고스란히 물려받아 그 문화를 토대로 발전한 국가라 해도 과언이 아닙니다."

"그래요? 처음 듣는 얘기예요."

"역사학자들은 일본을 이렇게 풀이합니다. 일본의 억지는 섬나라라는 한계와 그들에게는 그리도 벗어나고 싶은 수치심에서 기인하고 있다고 말입니다."

"아!"

"하지만 역사를 통해서 보면 일본의 야욕은 단 한 번도 성공하지 못했지요. 물론 일시적으로 점령한 사실은 있지만 영구적이었던 적은 없었지요. 그러자 그 한을 풀기 위해 결국 역사를 왜곡하고 자신들이 만들고 가르쳐 왔던 지리 교과서마저 스스로 부정하는 지경에까지 이르렀죠."

"그렇다면 제가 여태 배웠던 역사나 지리 들이 모두 거짓이었단 말인가요?"

"전부는 아니겠지만 일부분은 확실히 그랬을 겁니다."

담용의 확신에 찬 말에 모모가 자세히 듣고 싶었던지 자세를 고쳐 앉으며 물었다.

"이수 씨, 좀 더 듣고 싶어요."

"하핫, 출근 안 해요?"

"호홋, 저는 프리랜서거든요. 그리고 요즘같이 어수선한 날에는 집에 틀어박혀 있는 것이 안전해요. 일본은 의외로 정신분열증 환자가 많아 이런 궂은 날씨에는 위험할 때가 종종 있거든요."

"정신분열증 환자요? 그게 무슨 말이죠?"

정신분열증 환자라면 조현병 환자를 뜻하는 것임을 알고 있었지만 모른 척하고 되물었다.

"정신분열증 환자들 대부분이 히키코모리들이라고 하네요."

"히키코모리요?"

히키코모리가 은둔형 외톨이를 일컫는 말인 것도 알고 있었지만, 이 역시 처음 듣는다는 듯 눈을 동그랗게 뜨고는 모모를 쳐다보았다.

기실 2000년대에는 조현병이니 은둔형 외톨이니 하는 용어가 생소한 때였다.

"아, 은둔형 외톨이를 말하는 거예요."

고개를 갸우뚱하는 담용에게 난희가 대신 대답해 주었다.

"맞아요. 일본의 급격한 경제성장 뒤에는 경쟁에서 도태되거나 또 부담을 느낀 사람들이 많아요. 그들 대부분이 밖으로 나서지 못하고 주눅이 들어 숨어들게 되죠. 전부는 아니지만 많은 사람들이 히키코모리가 되어 밖을 나서지 못해요. 그러다가 정신분열증 같은 정신병을 앓게 되는 경우가 많죠. 글고 걔들이 외출할 때마다 꼭 사고가 일어나거든요."

'조현병은 유전이라고 했는데…… 지금은 아직 원인이 확실히 밝혀지지 않았나 보군.'

하기야 미래에도 100%는 아니지만, 일부이긴 해도 유전적인 요소가 원인임이 밝혀진 바였다.

"아참, 이수 씨, 목마르겠다. 커피 어때요? 마침 내려놓은 게 있는데."

"좋죠."

"잠시만요. 아! 이수 씨, 전 꼭 들어 보고 싶으니 그동안 강의 준비나 좀 해 둬요."

"그러죠."

"호호호훗!"

"푸훗!"

모모의 요청이 아니어도 꼭 얘기해 주고 싶었던 담용이 화답하듯 설핏 웃음을 내보였다.

일본의 비뚤어진 역사

탁!

모모가 가지고 온 커피를 두어 모금 마시고 내려놓은 담용이 진지한 표정으로 입을 열었다.

"먼저 이 점부터 알아 둘 필요가 있어요."

"……?"

때늦은 지식욕이 발휘됐는지 모모의 눈이 반짝반짝 빛나고 있었다.

"크흠, 일본 정치인들은 누구라 할 것 없이 비뚤어진 역사의식을 가진 것도 모자라 부끄러움도 없이 지속적인 망언을 일삼고 있다는 겁니다."

"오머, 대체 왜 그럴까요?"

"역사의 진실을 인정하는 순간, 모든 게 무너지기 때문이지요. 예를 들면 독도는 자신들의 땅이 아니며 또 위안부 피해자나 징용 피해자가 분명히 존재한다는 사실을 인정해 버리면, 자민당 체제가 무너져 버릴 걸 걱정하는 겁니다. 더해서 그동안의 거짓말로 인해 국제사회에서의 신용이 추락할 것도 두려워하는 거죠."

"미개하지도 못사는 나라도 아닌데 굳이 그럴 이유가 있나요?"

"일본 정치인들은 그런 진실을 인정하지 않음으로써 정치적 이익을 챙길 수 있기 때문이지요. 더 들어가면 복잡해지니까, 음…… 본론으로 들어가기 전에 이 얘기부터 하죠. 그래야 일본의 정체성이 뭔지를 알 테니까요. 제2차 세계대전 당시 일본이 태평양전쟁을 일으킨 건 알지요?"

"대동아전쟁을 말하는 건가요?"

"아, 맞아요. 일본에서는 대동아전쟁이라고 가르치고 있죠. 그럼 일본이 주장하는 대동아전쟁의 의의가 뭔지는 알아요?"

"그럼요."

"말씀해 보실래요?"

"대동아공영권을 만들기 위해서 한국과 중국 그리고 동남아 국가들을 일본이 몸소 이끌어 주고 있는데, 미국 놈들이 방해하니까 정의를 위해 반격한 전쟁이라고 했어요."

"나 원, 기가 막혀서. 언니, 아무도 원하지 않는데 뭘 몸소 이끌어 줘, 이끌어 주긴. 그리고 일본이 먼저 진주만을 공격했거든!"

"얘는 왜 나한테 흥분하고 난리야?"

"언니가 아니고 일본이란 나라한테 그러는 거야!"

"자, 자, 제 말을 들어 봐요. 다 생략하고요. 간단하게 말하면 당시는 태평양에서 일본의 세력 확대를 저지할 수 있는 나라는 미국뿐이었어요. 왜냐? 제2차 세계대전으로 인해 네덜란드나 프랑스, 영국은 안마당이 쑥밭이 되는 바람에 식민지를 신경 쓸 여력이 없었어요. 여기에 일본이 눈독을 들이게 되자, 미국은 일본의 세력 확대를 저어해 태클을 거는 조치를 단행하게 돼요. 모모, 제 말이 이해가 가요?"

"네!"

"좋아요. 그로 인해 일본 내에서 반미 감정이 고조되죠. 일본은 소련을 경계해서 상호 불가침조약을 맺고는 미국을 가상적국으로 설정하죠. 이에 미국은 태평양 함대를 진주만으로 이동시킴과 동시에 일본에 대해 석유 및 철강에 대해 금수조치를 취하게 됩니다. 나아가 1941년 7월에는 대일 통상 무역 동결과 동시에 재미 일본인의 재산까지 동결합니다. 결국 일본은 미국과의 전쟁을 피할 수 없다는 인식을 가지게 되고, 마침내 진주만을 기습하는 것으로 태평양전쟁이 본격화됩니다."

"아, 전혀 몰랐어요."

"원래 군주 국가는 상징성 선동 정책을 많이 쓰죠. 하던 얘기 계속할게요. 아까 일본의 정체성에 대해 얘기하다 말았죠?"

"네."

"모모, 하나 물어볼게요. 제2차 세계대전 당시 일본이 일으켰던 태평양전쟁에서 일본이 패망하게 된 결정적인 사건이 뭘까요?"

"그건 알아요. 히로시마와 나가사키에 원자폭탄이 떨어진 것 때문이에요."

"정답이에요. 그때 도시는 한순간에 거대한 무덤으로 변했고, 동시에 일본의 야욕은 산산조각이 났지요."

"맞는 말이긴 한데요. 그게 정체성과 상관이 있나요?"

"얘기를 마저 들어 보고 판단해 보세요. 태평양전쟁을 일으킨 일본이 전범 국가입니까, 아닙니까?"

"당연히 전범 국가죠."

"모모는 어떻게 생각해요?"

"일본은…… 전범 국가라는 말을 한 번도 내뱉은 적이 없어요."

"그럴 겁니다. 그러나 그건 하늘을 손바닥으로 가려 보려는 수작에 불과합니다. 일본만 빼고 세계 모든 국가가 전범 국가라고 인정하고 있거든요."

"아……."

모모의 얼굴이 대번 핼쑥해졌다.

'일본인들의 의식이 의외로 심각하구나.'

"저는…… 거기에 대해 전혀 들은 바가 없어요."

적지 않은 충격이었던지 미간을 잔뜩 찌푸린 모모의 어조에는 힘이 없었다.

'알려고 하지 않았겠지.'

그럴 것이 살아가는데 굳이 거기까지 파고들 필요가 없어서일 것이다.

"모모, 일본이 전범 국가 대신에 뭘 내세우던가요?"

"원폭 피해자요."

딱!

담용이 손가락을 튕기고는 말했다.

"바로 그겁니다."

"와아! 기해자가 아니라 피해자라고? 하여튼 잔머리 굴리는 데는 따라갈 나라가 없다니까."

"모모, 잘 듣고 친구들에게 바르게 알려 줘요. 지금까지 제가 했던 말의 의미가 거기에 있으니까요."

담용은 솔직히 그래 주길 바라는 의미에서 장시간에 걸쳐 최선을 다해 설명하고 있는 중이었다.

일본인 단 한 명이라도 의식을 깨울 수 있다면 그것만으로 충분하다는 생각이어서다.

"네, 꼭 그럴게요. 기실 우리 3세나 4세 들은 이런 사실들을 너무 모르고 있거든요."

군이 말하지 않아도 미루어 짐작하고도 남는다.

이들이 장성해서 먹고살려면 일본이 가르치는 그대로 답습해 취직 자리를 구해야 하니 제대로 된 역사를 알 턱이 없다.

"그럴 겁니다. 계속하지요. 일본은 전범 국가라는 이미지를 지우고 원폭 피해자라는 이미지를 부각시키는 데 주력해 왔어요. 전쟁을 일으키고 잔인한 침략을 일삼던 일본에 미국이 왜 핵무기를 떨어뜨렸는지에 대한 이유는 덮어 두고 피해를 알리는 데만 주력한 것이지요. 이게 바로 일본의 정체성을 단적으로 말해 주는 예입니다."

"……."

조금은 충격이었던지 말이 없는 모모의 안색을 살핀 담용이 헛기침을 하고는 잠시 기다려 주었다.

충분히 이해가 간다.

진실이라고 믿어 왔던 역사가 뒤집어졌으니 심사가 편할 리 있을까?

그사이 TV에서는 짤막한 토막 뉴스가 나오고 있었다.

—야스쿠니에서 잠시 눈을 돌려 미국 특파원이 보내온 속보를 말씀드리겠습니다. 지난 11월 7일 미국 대통령 선거에서 민주당의 엘

고어 후보를 누르고 제43대 대통령에 당선된 공화당 후보인 조지 부시 당선자가 2000년 12월 12일 오늘, 미국 대통령으로 최종 확정됐다는 소식입니다. 선거 이후 대통령 선거 시비 사건을 심리한 미국 연방 대법원은 12일 플로리다주 대법원의 수작업 재개표 결정이 헌법에 위배된다고 판결했습니다. 이로써 지난 5주간을 끌었던 미국 대통령 선거 분쟁은 마무리되었고 부시 후보의 대통령 취임이 확정되었습니다.

'역사는 변하지 않고 그대로 흘러가는군.'

기억 저편에서처럼 부시 부자가 대통령이 되는 것에는 변함이 없었다.

마냥 시간을 죽이며 있을 수 없는 담용이 입을 열었다.

"모모, 괜찮아요?"

"아! 저, 전 괜찮아요, 아하하핫!"

퍼뜩 상념에서 깨어난 모모가 무슨 일이 있었느냐는 듯, 하얀 치아가 드러나도록 활짝 웃었다.

머쓱함을 감추려는 것이라면 성공했다.

"이수 씨, 계속 듣고 싶은데 괜찮겠어요?"

"하핫, 그래요."

담용이 슬쩍 시간을 확인하며 말했다.

"아직 여유는 있네요."

의문의 기색이 돈는 모모에게 말할 틈을 주고 싶지 않았던 담용이 얼른 말을 이었다.

"먼저 독도가 왜 한국 영토냐가 궁금한 거죠?"

"네, 전 그게 무척 궁금해요."

"멀리 갈 것도 없이 일본이 근대화에 박차를 가한 메이지 유신 때를 보죠. 메이지유신 직후에 학생들을 가르치는 학교 교과서의 지도에 의하면 독도가 일본 영토로 명시되어 있지 않다는 겁니다. 즉, 일본 영토에 독도가 제외되어 있다는 건데, 그 근거가 바로 1891년에 검정한 '중등교육 대일본지지' 입니다."

"사실이라면 확실한 증거네요."

"그렇죠. 1890년에 초판을 발행하고 그다음 해에 일본 정부의 검정을 받은 일본 지리 교과서가 바로 '중등교육 대일본지지'거든요. 기록을 분석해 본 결과, 독도를 오키나와나 쿠릴열도의 지시마와는 달리 일본이 자국 영토로 표시하지 않았다는 겁니다."

"아!"

"또 하나, 독도가 한국 영토인 역사적 근거로 프랑스 지리학자 당빌의 조선왕국전도를 들 수 있는데, 거기서 독도를 우리나라 영토로 표시하고 있다는 겁니다. 그리고 삼국사기라는 역사 기록서가 있습니다. 기록의 의하면 512년, 그러니까 신라 지증왕 13년 하슬라주의 군주 이사부가 울릉도를 중심으로 한 해상 왕국 우산국을 정벌하면서, 독도가 우산도로 불렀다고 적혀 있죠."

"512년요?"

"예."

"그럼 일본이 자기 땅이라고 주장한 연도는 언제죠?"

"제가 알기로는 1905년입니다. 그해에 을사늑약이 있었죠."

"을사늑약요?"

모모는 이게 뭔 용어인가 싶은 표정을 자아냈다.

"1905년에 일본이 한국의 외교권을 박탈하기 위해 강제로 체결한 조약입니다."

"옴마나! 그러니까 외교권을 박탈하고는 제 맘대로 독도를 자기 땅이라고 우겼다는 거네요?"

"그런 셈이죠. 계속할게요. 1905년에 일본은 일방적으로 독도를 다케시마로 이름을 바꿉니다. 이어서 시마네현에 편입시키죠. 그 후로 계속해서 독도 영유권을 주장하고 있는 중이죠."

"뭐야? 이거 순 사기잖아요?"

'에혀, 다케시마의 날도 생긴다고요.'

아마도 2005년쯤일 것이다.

일본 시마네현 의회는 한국의 강력한 반대를 무릅쓰고 2005년 3월 16일에 매년 2월 22일을 '다케시마의 날'로 정하는 조례안을 가결했다.

하지만 아직은 일어나지 않은 일이라 담용은 거기에 대해서는 침묵했다.

"증거가 또 있나요?"

"하하핫, 무지 많아요. 더 듣고 싶어요?"

"네! 저처럼 무지한 애들에게 꼭 들려주고 싶어요."

"그럼 간략하게 말할게요. 1432년에 편찬된 세종실록지리지에 우산과 무릉 두 섬은 날씨가 맑은 날 서로 바라볼 수 있다고 기록하고 있어요."

"512년에서 1432년이면 천 년을 뛰어넘었네요."

"그 사이에도 기록은 있지만 생략한 겁니다. 그리고 1471년 삼봉도와 1794년 가지도로 불렸다는 기록이 있고요. 근대에 와서는 1900년에 대한제국 칙령 제41호에 울릉도를 울도군이라 칭하고 울릉전도와 죽도, 석도를 관할하도록 정했는데, 여기서 석도는 돌로 된 섬이라는 뜻의 돌섬을 한자로 옮긴 것이죠. 이게 독섬이 됐다가 독도가 되었지요. 그리고 그해에 대한제국 칙령 41호에서 독도를 우리나라 영토라고 세계에 공표하였지요."

"1905년 이전이네요."

"그렇죠. 그리고 1900년 10월의 대한제국 관보에 독도를 대한제국의 영토로 관할한다는 내용이 담겨져 있고요. 그 이후 1946년 1월에 유엔연합국이 독도를 한국에 반환하는 군령을 발표한 바가 있지요. 아울러 구 일본 영토 처리에 관한 합의서에서 독도는 한국 영토라고 규정해 놨지요."

"일본이 미쳤군요."

"일본으로서는 할 말이 없는 게 일본 정부에서 발행한 태정관 문서에서도 독도는 대한민국 땅이라고 명시되어 있다는 겁니다. 또 일본이 제작한 대일본국전도에는 독도가 일본 땅이 아니라고 명시되어 있고요."

"아, 뭐야? 역사적 사실이 이런데도 그런 말도 안 되는 억지를 왜 쓰는 거죠?"

모모가 들을수록 짜증이 나는지 표정을 잔뜩 일그러뜨리고는 말을 이었다.

"뭔가 큰 이익을 노리는 건가요?"

"하하핫, 노리는 게 없고서야 없는 사실까지 꾸며내서 망언을 일삼겠습니까?"

"일본이 노리는 게 뭐죠? 아참! 한국은 어떻게 대응하고 있나요?"

"어? 모르고 있었어요?"

"아핫하, 제가 그런 쪽은 도통 관심이 없어서요."

"하긴 뭐…… 일본인들 대다수가 모모처럼 관심이 없는 건 매한가지죠. 일부 극우파나 적극 나서서 옹호할 뿐이니까요."

"이제부터라도 관심을 가지고 눈여겨볼 테니 어서 말해 줘요."

"한국은 철저하게 무대응을 원칙으로 하고 있어요."

"왜 반박을 하지 않는 거죠?"

"이수 씨, 저도 그게 가장 궁금했어요. 우리도 대응하는 게 맞는 것 같은데 왜 가만히 있는 거예요?"

난희까지 모모의 궁금증을 거들고 나섰다.

하기야 한국 국민들 중 대다수가 일본의 인사들이 망언을 해 댈 때마다 정부에서 대응하지 않는 것에 대해 의아해하고 있긴 했다.

"흠, 먼저 일본의 의도부터 말해 볼게요. 이건 짐작이 아니라 확실한 것이니 의문을 갖지 않아도 돼요. 독도 망언에 대해서는 두 가지 목적을 가지고 줄기차게 이어 오고 있다고 보면 돼요."

"두 가지? 뭐죠?"

"첫째는 독도를 영토 분쟁 지역으로 몰아가서 국제사법재판소에 제소를 하는 거고요. 둘째는 일본의 국방비를 증액하려는 수작이죠."

"국제사법재판소에 제소? 국방비 증액? 좀 자세히 말씀해 보세요. 갑자기 흥미가 마구 돋네요."

"그렇죠. 일본은 심심하면 독도가 일본 땅이라면서 정치인 혹은 각계 인사들을 통해 망언을 해 댑니다. 주요한 점은 망언을 해 대는 이들 모두가 독도가 한국 영토임을 알고 있으면서도 떠들어 댄다는 겁니다."

"어머! 그거 얌체 짓이잖아요? 아니, 철면핀가?"

"극우파 인사들을 통해 하는 것이라 그런 건 안중에도 없죠. 아무튼 일본 인사들이 아무리 떠들어 대도 한국에서는 묵묵부답으로 대꾸가 없자, 일본은 재미가 들렸는지 한국을 흥분하게 하려고 '독도는 일본 땅'이란 망언을 계속 해 대고 있는 겁니다."

"그러니까 맞대응을 해야 하잖아요? 왜 가만히 있느냐구요?"

"거기에는 이유가 있습니다. 아까 얘기했죠?"

"아, 국제사법재판소 말이죠?"

"그게 독도를 이용해 먹는 이유 중 하나이긴 하지만 이번 것은 국방비 증액 문젭니다. 자, 시나리오를 들어 보세요. 어느 일본 인사가 독도는 일본 땅이라고 망언을 해 댑니다. 그 즉시 한국의 언론들이 시청률을 위해 대대적으로 보도하고 나서죠. 동시에 이를 본 국민들까지 격분하게 됩니다. 나아가 도처에서 규탄 대회가 열리고 일부 지역에서는 망언을 해 댄 인사의 허수아비 화형식까지 자행합니다. 더 심해지면 일본 국기인 일장기까지 불태워지고 급기야 성난 군중이 일본 대사관까지 가서 시위를 해 댑니다. 한마디로 분위기가 살벌해지는 거죠."

"아, 아……."

"기회다 싶은 일본 언론사들이 발 빠르게 움직여 그런 것들을 전부 카메라에 담습니다. 특히 과격하고 무자비한 장면만을 집중적으로 찍고 편집해서 방영하는 거죠. 이를 본 일본 국민들은 어떤 마음일까요?"

"혐한 의식이 더 심해지겠는데요?"

"당연하지요. 그들도 흥분해서 난장을 쳐 대야 하지만 일본 국민들은 단 한 번도 그런 적이 없죠."

"뭐, 자기 사는 데만 열중하느라 그렇죠."

"그게 바로 단 한 번도 시민혁명이 없었던 원인이 됐죠. 아, 이건 좀 다른 문제이니 넘어가고요. 얘기 계속하지요. 매스컴을 통해 일본인들은 격렬하게 나오는 한국인들이 건방지고 사납다는 생각을 하게 됩니다. 그와 더불어 나라가 힘이 없어 감히 한국인들이 저렇게 까분다고 여기게 되죠."

"에이, 설마요? 생각이 없는 사람들도 아니고⋯⋯."

"하핫, 일본 정부에서 99%의 거짓에 단 1%의 진실을 섞어서 국민들을 선동한다면 어떻게 되겠어요?"

"아, 그럴 수도 있겠구나."

"그럴 수도 있겠구나가 아니라 일본 정부는 여태껏 그래 왔어요."

"⋯⋯!"

"국민들의 감정이 고조될 때쯤 일본 정부는 국가의 국방을 위해 세금에서 국방비를 조금 올리겠다고 발표합니다. 이때 반대할 국민들이 있을까요?"

절레절레.

"어, 없겠죠?"

"바로 그겁니다. 일본 국민이라면 아무도 반대 안 합니다."

"사실 평소에는 세금을 올리겠다고 하면 난리가 나거든요."

"세금에 유독 민감한 국민들이라 그렇죠."

"그건 맞는 말이에요. 저부터가 그렇거든요. 호호홋."

"그런데 한국 국민들의 흥분으로 국방비를 올리겠다고 하면 아무도 반대하지 않죠. 그 이유가 뭔지 알아요?"

"글쎄요."

"바로 일본 국민들이 겁이 많아서입니다."

"에? 지, 진짜요?"

"당연히요. 지진과 화산으로 인해 공포감이 유전자에 깊이 새겨져 있다고 보면 돼요."

"아, 아……."

끄덕끄덕.

"마침내 국방비가 인상되고 그 돈은 곧 일본자위대를 키우게 되죠. 당연히 일본자위대의 힘이 더욱 강화되겠죠?"

"듣고 보니 정말 그런 것 같네요. 일본이 안보 문제에 관한 것만큼은 굉장히 민감한 편이거든요."

"이제부터라도 유심히 보세요. 일본이 국방비를 인상하기 전에 반드시 독도에 대한 망언이 약방의 감초처럼 나올 테니까요. 그게 아니면 일본 정치계나 국내 정세가 불안정해질 때, 국민들의 관심을 다른 데로 돌려야 할 필요가 있을 경우, 역시 같은 수법을 써먹거든요."

"하아, 도대체 이해가 안 가요."

"주변 국가를 보세요. 그중 일본이 만만한 나라가 한국밖에 없어서 그래요."

"후우, 한국이 스트레스를 많이 받겠네요."

"뭐, 양아치가 이웃에 살고 있다면 그만한 각오 정도는 하고 있어야겠지요."

"풋! 양아치요?"

"진짜 깡패라면 이런 짓거리는 안 하거든요."

'앗쌀하게 한판 붙고 말지.'

담용도 그 나름대로 절실한 면이 있었기에 야스쿠니신사를 소멸시켜 버린 것이다.

그 전제는 강대국에 이리저리 치여 제 목소리 한번 제대로 내보지 못하는 힘없는 조국이다.

"하긴 진정한 깡패라면 가오가 있지 이리 지저분하게 굴지 않죠. 그랬다간 다른 조직에게 몰매 맞아 죽을 거예요. 깡패 망신 다 시킨다고요."

"푸훗, 말이 그럴듯하네요. 일본은 자기 과시욕이 강하고 자국의 이익을 위해서는 다른 나라의 고통쯤은 가볍게 무시해 온 나랍니다. 반성 없는 과거사의 일만 봐도 알 수 있잖아요?"

"아무것도 몰랐던 제가 다 부끄럽네요."

"하핫, 모모가 자책할 필요는 없어요. 다음은 독도 문제를 국제사법재판소로 끌고 가려는 의도인데요. 한국이 일절 대응을 하지 않는 이유가 일본에게 명분을 주지 않기 위해서입니다."

"예? 웬 명분?"

"명분은 무척 중요합니다. 만약 한국 정부에서 일본의 망언에 대해 공식적인 답변을 내놓으며 맞대응을 할 경우, 이때부터 영토 분쟁이 되어 시빗거리가 될 수 있습니다."

"아니, 자기 땅을 자기 것이라 하는데 뭔 시빗거리래요?"

"아무튼 일본은 옳다구나 하고 곧바로 증거로 채택해 국제사법재판소에 제소를 하게 됩니다. 국제사법재판소에서도 일본의 제소를 받아들일 수밖에 없는 게, 한국 정부의 공식적인 대응이 오히려 영토 분쟁의 여지가 있다고 보게 된다는 거지요."

"와아! 그게 그렇게 돼요?"

"예."

짝!

"아항, 그래서 우리나라가 일절 대응을 하지 않는군요."

난희가 손뼉까지 쳐 가며 그제야 알았다는 듯 방아깨비처럼 고개를 끄덕였다.

"그렇죠. 원래 우리 땅인데 누가 지네 땅이라고 마구 우긴
다고 해서 땅주인이 바뀔 리는 없거든요."

"호홋, 맞아요. 역사적으로 근거가 다 마련되어 있잖아
요?"

"이수 씨."

"예."

"일본이 과연 이렇게까지 할 필요가 있을까요?"

"나름대로는 분명한 이유가 있을 것이고 타당성도 가지고
있을 겁니다. 아마 제 생각에는 섬나라라는 한계 때문일 가
능성이 커요."

"그게 뭐 어때서요?"

"이 문제는 얘기가 많이 길어지니 다음에 또 기회가 있으
면 하도록 하죠."

"아, 알았어요. 근데 하나만 더 물어봐도 돼요?"

"그럼요."

"제가 배우기로는 사할린도 일본 땅인 걸로 아는데 맞아
요?"

"러시아에게 빼앗기기 전에는 그랬죠."

"그런데 그건 왜 일본 땅이라고 목소리를 내지 않는 거
죠?"

"간단합니다. 강자에게는 약하고 약자에게는 강하게 구는

원리죠."

"에이, 그게 뭐예요?"

"모모, 제가 일본을 일부러 깎아내리려고 해서가 아니라 사실이 그런 겁니다."

"설마요?"

"하하핫."

일본인의 정서가 뿌리 깊게 박혀 있어서인지 샐쭉한 표정을 짓는 모모를 보고는 담용이 크게 웃었다.

"짤막하게 얘기해 보죠. 일본인의 문화는 조화와 질서를 가장 중요하게 생각합니다. 맞지요?"

"네, 그건 정말 그래요."

"조화와 질서 참 중요하지요. 그런데 그 조화와 질서가 우리가 아는 것과는 약간 다르다는 게 문젭니다."

"다르다니요? 뭐가요?"

"일본은 전통적으로 약자는 강자에게 순응하며 다툼 없이 사는 것이 조화와 질서라고 하기 때문입니다."

"예? 그, 그건……?"

"모모도 곰곰이 생각해 보면 알 수 있는 부분들이 더러 있을 겁니다. 사실 하루 이틀에 새겨진 정서가 아닙니다. 봉건 시대 때부터 내려오던 일본인의 뼛속까지 박힌 사상이기 때문에 그런 겁니다."

"사실이 그렇다면 납득이 더 안 되는데요?"

"당연하지요. 현대의 보편적인 가치관으로는 도저히 납득이 안 되죠. 예를 들어 볼까요? 모모, 이지메가 뭔지 잘 알죠?"

"그럼요."

"아마 작년 이맘때쯤일 겁니다. 끔찍한 이지메를 당한 학생이 퇴학을 당했다는 사건이 기사화됐었는데 알아요?"

"알아요. 고베에서 그런 일이 있었어요. 뭐, 다른 곳에서도 가끔 그런 일이 벌어지곤 하지만……."

"그때마다 결과가 어떻게 됐습니까?"

"제가 알기로는…… 이지메를 당한 학생이 퇴학을 당한 걸로 알아요."

"가해 학생들은요?"

절레절레.

"금방 관심을 끊어서 잘 모르겠어요."

"그들은 오늘도 희희낙락하며 학교를 잘 다니고 있습니다."

"어머나! 지, 진짜요?"

"당장 확인해 보면 알 걸 가지고 거짓말을 왜 하겠어요?"

실제로 그랬다.

이 문제는 가해자 학생들이 사회에 진출하고 7년이 지나서야 피해자 학생에 의해 한 명씩 차례차례 살해당하면서 전모가 밝혀진다.

"모모는 그게 옳다고 생각해요?"

"아, 아닌 것 같아요. 절대로요."

"저도 동감입니다. 가해자가 아니라 피해자를 퇴학시키다 니요? 상식적으로 생각해도 옳지 않은 거죠. 그런데 일본에 서는 이런 일이 흔하다는 겁니다."

"흔하다고요? 마, 말도 안 돼요!"

"유감이지만 일본의 정서상으로는 말이 됩니다."

"어머나! 어, 어째서요?"

"가해자, 피해자의 개념이 아니라 개인보다는 상위 개념 인 집단에 불이익이 있냐, 없냐로 잘잘못을 가려서 그래요."

"그, 그러니까…… 이지메 문제로 학교의 명예에 누를 끼 쳤으니 악이라 이건가요?"

"빙고!"

조금은 총명한 모습을 보이는 모모에게 빙그레 웃어 보인 담용이 말을 이었다.

"쉽게 말하면 강한 자에게 불이익을 주거나 반항하면 그들 눈에는 악인 것입니다. 여기서 말하는 강한 자는 개인이 될 수도 있고 집단이 될 수도 있어요. 과거 일본인은 뼛속까지 자신들은 다른 아시아인과는 달라 상위의 존재라 여겼고, 미 국인이나 유럽인 들과 동등한 위치에 있는 특별한 아시아인 이라는 생각이 강했지요."

"그건 저도 조금 알아요. 아시아의 다른 국가들보다 일찍부터 문호를 개방하다 보니 그런 선민사상이 생겼다고 하더라고요. 그래서 일본이 아시아에서 유일한 유럽인이라고……"

'후훗, 선민사상이 생긴 게 아니라 침략과 수탈, 약탈하는 걸 보고 배웠겠지.'

미래에도 일본을 좋아하는 나라는 없다. 있다면 태평양전쟁 당시 유일하게 일본의 침략을 받지 않았던 태국뿐이다.

태국을 가 보면 전부 일제가 판을 친다. 태국 국민들의 일본인에 대한 호감도는 최상일 정도다.

하지만 그 외는 일본의 경제만 생각할 뿐, 다른 어떤 것도 호의를 보이지 않는다.

"아무튼 러시아와의 영토 분쟁에 대해서는 상대가 강자이기 때문에 일본 정부에서는 크게 떠들지 않습니다. 국민들도 마찬가지고요. 그러나 자기보다 아래이거나 약하다고 여기는 한국의 독도만큼은 목소리를 냅니다. 국민들도 그렇고요."

"그건 좀…… 창피하다는 생각이 드네요."

"왜요?"

"그렇잖아요? 정작 자기 땅에 대해서는 강한 상대가 점유하고 있다고 해서 일언반구도 없고, 자기보다 약하다고 여기는 남의 나라 땅을 가지고 왈왈대니 기가 막히잖아요? 비겁하기도 하고요."

"후후훗, 일본인들의 눈에는 한국이라는 나라가 조화와 순응의 질서를 깨는 아주 무례한 국가로 보여서 그래요. 이지메를 당한 학생처럼 말이죠."

"그건 하나의 국가로서 가지고 있기에는 너무 편협한 생각이에요."

'풋! 일본의 조화와 순응 자체가 비뚤어져 있는 걸 어떡하라고?'

"이런 사실을 국민들이 알아야 하는 거 아녜요?"

"모모, 물론 당연히 알아야 하는 사실이지만, 정치인들이란 대다수의 국민들이 모르고 있다는 것을 한껏 이용해 먹는 사람들이기 때문에 굳이 진실을 밝히려 들지 않는 겁니다."

"그렇군요. 오늘 얘기를 듣고 보니 이수 씨에 비해 제 식견이 너무 부족하다는 걸 느꼈어요."

"후훗, 천만에요. 모모도 전문 분야가 있으니 그렇게만 생각할 게 아니죠."

"오늘 많은 것은 알게 해 줘서 감사해요. 또 수고를 끼쳐 죄송하기도 하고요."

"별말씀을요. 저도 알고 있던 것을 새삼 되짚어 보니 재미있었어요."

"호훗, 제가 많이 무식하죠?"

"무식하다기보다 대다수의 일본인들이 그렇게 알고 있는 것이 문제인 거죠."

"아무튼 이제부터라도 공부를 좀 해야겠다는 생각이 드네요."

"에? 언니가 공부를 한다고?"

"이게, 또 까분다."

모모가 눈을 흘기면 주먹을 들어 난희에게 위협을 가했다.

"헹! 하루 종일 가야 책 한 번 안 쳐다보는…… 아, 아니다. 언니에게 책은 수면제일 뿐이잖아?"

"너! 이따가 가만 안 둔다!"

모모의 눈동자가 가장자리로 한껏 몰리자, 난희가 담용 쪽으로 몸을 기울이며 혀를 쏙 내밀었다.

"에헷! 설마하니 이수 씨가 있는 데서 날 혼낼까?"

'흥! 이것아, 이수 씨를 내보낼 이유가 있거든.'

모모는 담용이 이번에 신세 진 것으로 인해 자신의 의뢰를 받아들일 거라고 확신하고 있었다.

"흥! 두고 보자."

"하하핫, 두 분 그만하세요. 그나저나 밖이 저렇게 시끄러우니 외출도 못 하고 답답해서 어떡합니까?"

"헤헷, 그건 염려 마요. 이따가 점심 식사 때 먹거리 장만하러 가면서 잠시 바람을 쐬고 오면 돼요."

"아! 그 말을 하니까 생각났네요."

배고픔에 정신이 없어 깜빡했다.

"난희 씨!"

"예?"

"제가 난희 씨 방에다 먹거리를 좀 사다 놨어요."

"예? 어, 언제요?"

"언제가 뭐 그리 중요합니까? 장을 봐 왔다는 게 중요하죠."

"에헷! 그건 그러네요."

난희가 벌떡 일어나 자기 방으로 향했다.

"호호홋, 뭘 사다 놨을까나?"

"셋이서 며칠 먹을 양은 충분할 겁니다."

"이수 씨, 그냥 와도 되는데……."

"하하핫, 숙식비라고 생각하세요. 적으면 언제든지 말하고요."

"뭐, 그게 편하시다면…… 암튼 고마워요. 그리고 저……."

모모가 난희의 방을 슬쩍 쳐다보고는 소곤댔다.

"의뢰는 어떻게……?"

"아, 늦지 않았다면 해야지요."

"아! 다행이다. 안 그래도 촉박할 뻔했다고요."

"뭔 뜻이오?"

"사실 그저께 밤에 모리구치구미에서 행동에 옮기려다가 야스쿠니신사의 소멸로 인해 잠시 연기한 상태거든요."

"아!"

"하마터면 신뢰를 잃을 뻔했어요."

"그거야 물어주면 되잖소?"

"돈이 문제가 아니거든요."

'그렇긴 하지.'

돈이야 잃으면 복구할 수 있는 여지가 있지만 신용을 잃게 된다면 원상 복구까지는 어렵기도 하지만 시일이 많이 걸린다.

차라리 의뢰를 수행하다가 실패하는 것이 훨씬 낫다.

"일단 이것부터 받으세요."

모모가 미리 준비해 둔 반듯하게 접힌 종이쪽지를 건넸다.

"모리구치구미의 전진기지가 있는 호텔로 가는 약도와 제거 인물인 이케다 쯔네가 머물고 있는 호실이 적혀 있어요. 하지만 늘 그렇듯 100% 확실한 건 아니에요."

당연한 얘기다.

발이 달린 동물인데 어딜 못 가겠는가?

"이케다만 제거하면 되는 거요?"

의뢰에 관한 얘기가 나오자 담용의 어투가 조금 무거운 톤으로 바뀌었다.

"의뢰받은 건……."

담용의 바뀐 말투에 살짝 당황하던 모모가 말을 잠시 멈췄다가 이었다.

"그것뿐이에요."

"알겠소. 저쪽에서 눈치챘을 확률은?"

"절반 정도?"

'후하군.'

아마도 리스크란 리스크는 몽땅 계산한 확률일 것이다.

"하지만 그건 의뢰자 측 인물을 감안했을 때고요. 더블 컨트렉트는 상상도 못 하고 있을 거예요."

더블 컨트렉트란 조직과는 전혀 상관없는 팀을 이용해 적을 분쇄하는 전략을 말한다.

"장담은 금물이오."

"그건 그렇죠. 그래도 그럴듯한 얘기예요. 전 일본을 통틀어도 이케다를 상대할 수 있는 무술가가 없거든요."

"저격수를 고용하면 되지 않소?"

"그건 금지된 불문율이에요. 만약 발각되면 전 야쿠자들의 공공의 적이 돼요."

총기를 사용하다 발각되면 망한다는 얘기다.

"간혹 총기를 사용한다고 들었소만."

"그건 준고세이인도 못 되는 양아치 똘마니들 얘기예요. 그런 애들은 범주에 끼워 주지 않아요."

"나 같은 경우도 저격수잖소?"

"호호홋, 무술가라면 상관이 없어요. 물론 치밀한 계획에 의한 음모는 있을 수 있어요. 하지만 그건 언젠가는 밝혀지게 되어 있어요. 그렇게 되면 죽어서도 불명예를 안게 되고 또 그 조직에 꼬리표처럼 따라오는 거여서 기피 대상이 돼요. 야쿠자라면 무지 싫어하는 케이스인 거죠."

야쿠자 세계도 나름대로 룰이 존재한다는 얘기다.

"부메랑으로 되돌아올 수 있는 걸 꺼려 하는군요."

"호홋, 맞아요. 아! 착수금은 지금 지불해 드려요?"

"흠, 그보다…… 혹시 말이오."

"네?"

"이케다 외에 다른 간부급 인물을 제거해도 의뢰비를 받을 수 있겠소?"

"물론이에요."

당연한 얘기를 뭘 묻고 그러냐는 표정의 모모다.

"하지만 그럴 여력이 있겠어요?"

이케다를 상대하는 것만으로도 벅차지 않겠냐는 눈빛이 완연했다.

"혹시 모르잖소? 총두목이란 자가 거기에 와 있을지 말이오."

"에? 호호홋, 대오야붕인 데라지마 스스무가 거기 와 있겠어요? 쿠쿡, 어림도 없어요. 그리고 데라지마는 지금 본부인 고베시에 있는 걸로 확인됐거든요."

"없으면 말고요. 그래도 이케다보다 높은 신분이 있을지 모르잖소?"

"좋아요. 만약 그럴 수 있으면 제가 책임지고 일인당 5천만 엔씩을 더 받아 내도록 하죠. 됐죠?"

"좋소, 계약 성립이오."

"그럼 언제……?"

"말이 나온 김에 곧바로 출발하지요."

"옴마! 준비도 없이요?"

"준비는 가면서 하겠소."

"그럼 제 말을 좀 듣고 참고하도록 하세요."

그때부터 모모는 대략 2, 3분에 걸쳐 빠르게 입을 놀렸다.

담용은 이따금 고개를 끄덕이며 모모의 말을 주의 깊게 경청했다.

"그리고…… 퇴로는 알아서 준비해야 돼요. 저흰 문제가 발생했을 때 커버를 쳐 줄 인원이 없다구요."

"기대도 하지 않았소."

'피이!'

"아참! 혹시 모르니까 참고로 알아 둘 게 있어요."

"……?"

"일본에는 야쿠자 조직 같은 흑사회 외에 아마테라스라는 특수한 단체가 있어요."

"아마테라스? 그게 뭐요?"

"아마테라스는 원래 일본의 창세 신화에 나오는 태양의 신을 말해요. 그 이름을 딴 단체의 정체에 대해서는 확실히 모르고요. 좀 이상한 사람들을 모아 놓은 단체라는 것만 알고 있어요."

"그게 무슨 말……?"

되묻다가 말을 멈춘 담용의 눈이 순간적으로 이채를 띠었다가 원래대로 돌아왔다.

'혹시……?'

퍼뜩 떠오르는 것이 초능력자들이었고, 동시에 일본이라면 충분한 역량을 지니고 있을 것이란 생각마저 들었다.

정말 초능력자들의 집합체라면 좀 더 들을 필요가 있었다.

그게 무엇이든지 간에.

"자세히 말해 보시오."

"저도 자세한 건 몰라요. 정보를 캐다가 우리 쪽의 희생이 있었거든요."

그 때문에 더 접근하지 못했다는 얘기.

"어? 발각됐던 거요?"

"아마도요. 한조 같은 다른 정보 상인 조직도 마찬가지고요. 어떤 곳은 조직의 수장까지 박살 나는 통에 업을 접기도 했거든요."

그렇다는 건 어느 정도 비밀에 접근했었다는 말이 된다.

"다행히 우린 점조직 형태라 재빨리 꼬리를 자른 덕분에 본부까지 거덜 나는 일은 없었어요."

"그들에 대해 어디까지 알고 있소?"

"정보 상인들 사이에서는 거의 상식에 가까운 정보만 알고 있을 뿐이에요."

"나 역시 모르고 있는 것보다 알고 있는 게 나을 것 같소만."

"뭐, 굳이 알고 싶으시다면……."

"굳이 알고 싶다가 아니라 모리구치구미에서 그들을 고용했을 수 있어서 그런 거요."

"그건 비약이 심한 것 같네요. 국가 소속의 단체가 야쿠자들의 의뢰를 받을 리가 있겠어요?"

"절대라는 말은 없소. 적어도 돈이 신이 되어 버린 세상에서는 말이오."

"그렇게 말하니 할 말이 궁색해지네요. 암튼 도움이 될 수 있다면 알려 드릴게요. 아마테라스라는 단체가 오키나와에 본부를 두고 있고, 또 일본 내각정보조사실이 개입돼 비호를 하고 있는 국가조직이라는 것 정도만 알아요."

'쩝.'

진짜로 알맹이라곤 없는 정보였다.

그래도 내각정보조사실이 개입됐을 거라고 하니 살짝 신경이 쓰여 물었다.

"제가 신경 써야 할 확률은 얼마나 되오?"

절레절레.

'아, 괜히 얘기했나?'

모모는 섣부른 입방정에 주둥이를 두드려 패고 싶어졌다.

"거의 없을 거예요."

아니, 단 1도 없을 것이다.

"다만 연락받기를 아마테라스 조직원들이 오키나와를 떠나 현재 야스쿠니에 와 있다고 했어요."

'어?'

이건 나름 고급 정보였다.

'확실하군.'

지옥유령이라는 예고장 때문일 것이다.

이렇게 되면 일본 정부에서 야스쿠니신사가 소멸된 원인에 대해 조금씩 접근해 가고 있다는 얘기가 된다.

'뜻밖의 자리에서 귀중한 정보를 얻었군.'

그런 정보를 득템하게 해 줘서인지 몰라도 모모가 오늘따라 더 예뻐 보였다.

하지만 겉으로는 넉살을 떨었다.

"아, 아. 혹시라도 어떤 상황으로 변할지 모르니 참고하고 있으라는 거군요."

"에헷! 맞아요."

"고맙소."

"이상이에요. 지금 궁금한 게 있으면 물으시고요. 없으면 생각날 때 언제든지 문자를 주세요."

"알았소. 이제 나도 의뢰 하나 합시다."

"네?"

"아니, 왜 그런 눈을 하고 쳐다봐요? 의뢰도 사람을 가려서 받는 거요?"

"그, 그건 아니에요. 단지 의외라서……."

"거두절미하고요. 나오베 신조와 가토 료조의 신변에 대한 정보를 부탁하오."

"에? 그, 그들은 왜……?"

"의뢰인의 외뢰에 대해 그 사유를 묻도록 되어 있는 거요?"

"아, 아뇨."

"받을 거요, 말 거요?"

'후아, 그 두 사람은 일본의 미래라고 여기는 촉망받는 관료들인데…… 어, 어쩌지?'

아무래도 가벼운 문제가 아니어서 노디에게 조언을 구해 봐야겠다.

정부 관료는 일개 야쿠자들과 같이 취급해서는 곤란해서다.

"일단 윗사람들과 의논해 볼게요."

"노오!"

"네?"

"모모 외에 다른 사람들과 논의할 것 같으면 의뢰는 없는 걸로 합시다."

나오베 신조와 가토 료조의 신상에 문제가 생길 게 빤한데 이를 아는 사람이 많아서 좋을 건 없었다.

"이만 가 보겠소."

"자, 잠시만요."

돌아서는 담용을 모모가 불러 세웠다.

"……?"

"그들을 해칠 생각이에요?"

"후우, 모모."

"……?"

"많이 알면 모모가 위험해질 수 있으니, 내 일에 더 이상 관여하지 않는 게 좋겠소."

"제 안전에 대해서는 걱정하지 않아도 되니 묻는 말에 대답해 줄 수 있어요?"

"혼자만 알고 있겠다고 약속한다면요."

어차피 일본에서 머무는 동안은 모모의 도움이 절실한 담용이라 말로서라도 족쇄를 채워 놔야 했다.

"약속해요."

"가능한 죽이지는 않을 거요."

"아!"

얕은 탄성을 지른 모모는 내심 생각했다.

'두 사람 다 전도가 양양한 신진 관료들인데…….'

뭐, 가토 료조야 독도에 대한 망언을 해 댔으니 이해가 간다만 나오베 신조는 무슨 이유인지 모르겠다.

"가 보겠소이다."

"네에. 전 이수 씨가 귀환할 때까지 대기하고 있을 거예
요."

"다시 와도 되겠소?"

"그럼요. 그리고 여기만큼 안전한 곳도 없을 거예요."

끄덕끄덕.

고개를 끄덕이는 것으로 대답을 대신한 담용이 출입문을
향해 돌아섰다.

'프라나, 야스쿠니로 분신 하나를 보낼 수 있겠어?'

—하는 일이 뭔데?

'뭘 할 수 있어?'

—기운의 근원이 되는 몸 된 주인이 근처에 없다면 애로가
많을 거야.

'가능한 건 뭔데?'

—미행하거나 훔치거나 감시하는 정도만 가능할 거야.

말인즉 물리력을 행사하는 건 어렵다는 뜻.

'그거면 충분해.'

—오키.

'발각되거나 하는 일은 없겠지?'

—아마도. 그치만 현장에 염력이 강한 자가 있다면 장담하
기 어려워.

'그래? 강하다는 기준이 뭔데?

—몸 된 주인의 차크라를 64등분 해서 그중 하나만 사용할

거니까.

'엉? 그게 뭔 소리……. 아! 64분의 1만 쓴다는 말이야?'

─응.

담용은 자신의 차크라 중 64분의 1의 기운이 어느 정돈지 알 수가 없었다.

뭐, 그동안 알 필요도 없었고, 알아야 할 필요성을 느끼지 못했기에 그렇긴 했다.

짐작 가는 건 있었지만 확실하지 않아서 다시 물었다.

'야! 구체적으로 말해 봐.'

─이따가 전부 설명해 줄게. 지금 번개가 오고 있어 곧 정신이 사나울 것 같으니까.

'번개 핑계는 그만두고 간단히 말해 봐.'

─간단히라면 뭐……. 염력이 강한 자가 나타나면 발각될 거야.

'탈출이나 도주는 가능하고?'

─그야…… 그게 여의치 않을 때는 자폭할 거야.

'뭐? 자폭?'

─응.

'야! 애들이 뭐가 그리 거칠어?'

─추적해 오는 걸 끊으려면 어쩔 수 없어.

'……'

강자에게 노출되면 물리력이 없는 분신 그 자체만으로는

한계가 있기에 조치하는 것이란 뜻임을 모르지 않는 담용은 그만 할 말을 잃고 말았다.

'씨파, 불쌍한 내 새끼.'

담용은 일단 그 뒤가 궁금해 물어보았다.

'자폭하게 되면…… 난 어떻게 되는데?'

분신을 희생시키고 나만 생각하는 못된 심보지만 알고 있어야 할 내용이었다.

―당연히 64분의 1이란 힘을 잃게 되는 거지.

'이 짜슥이 그걸 지금 말이라고? 이거 불안한데, 소환해 말어?'

담용은 다시 프라나에게 물었다.

'후유증은 어떤 식으로 나타나는 거냐?'

―걷다가 자빠지나 가만히 서 있다가 휘청하는 정도?

'진짜?'

―64분의 1이니까.

별거 아니긴 한데 마음은 썩 좋지가 않다.

'미리 알 수는 있고?'

―…….

이놈은 불리하다 싶으면 입을 꼭 다문다. 아니, 반응이 없다.

'채우는 건 가능하고?'

―물론이지.

'다, 다행이다.'

–어? 와, 왔다!

프라나의 의념이 끝나자마자 번쩍하고 번개가 쳤다.

아침이 밝은 지 오래임에도 어느새 어둑해졌었는지 별안간 사방이 일시에 환해졌다가 어둑해졌다.

이어서 '콰릉!' '콰르릉!' 하고 때아닌 천둥이 몰아쳤다.

"어머! 날씨가 갑자기 왜 이래?"

하지만 그것으로 끝낼 생각이 없었는지 '번쩍!' '버언쩍!' 하고 연거푸 쳐 대는 번개로 인해 사방이 일시 환해졌다.

사방으로 찰나간에 빛을 드리웠다가 사라지자, 바늘과 실처럼 따라오는 천둥소리가 고막을 때렸다.

꽝! 꽈꽝! 꽈꽈꽝–!

조금 전의 천둥소리는 예고편에 불과했다는 듯, 곧바로 귀가 먹먹해질 정도의 굉음이 뒤따라왔다.

"옴마야–!"

깜짝 놀란 모모가 본능적으로 쪼그려 앉자, 난희도 놀라서 자기 방에서 뛰쳐나왔다.

"언니이–! 무서워–!"

덥석!

"이년아! 밀고 들어오지 마! 나도 무섭단 말야!"

티격태격하면서도 서로 꼭 껴안는 두 여자다.

꽝! 짜자자작!

채찍 같은 뇌전이 어딜 때렸는지 소리의 파장이 뒤따랐다.

"아우! 귀청이야! 언니! 벼락이 우리 동네 근처에 떨어졌나 봐!"

투두둑. 투두두두둑.

굵은 빗방울이 창문을 무수히 두드려 댔다.

"옴마? 뭔 비가…… 우박도 아니고 난희 눈깔만 하냐?"

"피이! 근데 오늘 비가 온다는 예보 있었어?"

"아니, 못 들었는데?"

"일본 기상청도 믿을 게 못 되네."

"돌발성 기후는 어느 나라나 다 그렇지 뭐."

"겨울인데?"

"여긴 흔하진 않지만 가끔 이럴 때가 있어."

"어? 이수 씨는 어디 갔어?"

"옆에 있잖…… 엉?"

난희의 말에 모모가 살펴보니 천둥이 칠 때까지만 해도 같이 있었던 담용이 보이지 않았다.

"어라? 방금까지도 있었는데……."

'그새 사라지다니?'

나름 변화에 예민하다고 자부하는 모모였지만 담용이 사라지는 기척을 전혀 느끼지 못해 갸웃했다.

뭐, 담용이 마음만 먹으면 두 눈을 뜨고 있어도 사라질 수 있음을 알 리가 없는 모모는 지레짐작했다.

'대낮에 일을 벌이진 않을 테고. 사전 답사 땜에 미리 출발

한 거로군.'

그런 생각이 들자, 모모는 그 순간부터 저도 모르게 긴장이 되는 심정이었다.

'제발 무사히 돌아오기를…….'

"뭐야? 언니가 구박해서 나간 것 아냐?"

"뭐어? 내, 내, 내가 왜?"

"얼라? 말을 더듬는 걸 보니 진짜였어?"

"얘가…… 내가 그럴 리가 없잖아?"

"방금 말을 더듬었잖아? 찔리는 게 있으니 그렇지?"

"이년아, 네가 밑도 끝도 없이 구박했다고 하니까 기가 막혀서 그런 거야."

"그럼 왜 안 보이는데? 함께 있었다며?"

"그러게. 뭐, 벼락 치는 사이에 잠시 외출했겠지."

"비가 억수같이 오는데?"

"멀리 안 갔을 거야."

별일 아니라는 듯 말한 모모가 재빨리 화제를 바꿨다.

"근데 먹을 만한 게 있던?"

"응, 디따 많아."

"그래?"

"그렇다니까. 난 이수 씨가 그 많은 양을 어떻게 가져왔는지 신기하다니까."

"집에 온 뒤로 나간 적이 있었나?"

"그야 모르지, 우리가 자는 사이에 나가서 사 왔을지도."

"그런가?"

"이수 씨 나름대로 신세 진 걸 갚느라 그랬겠지."

"그 말도 맞네. 근데 뭘 사 왔는지 무지 궁금하네."

"죄다 식료품들이야. 둘이서 한 달은 먹을 수 있을걸."

"뭐? 그 정도로 많아?"

"직접 보라니까."

벌컥!

"우와―!"

BINDER
BOOK

S1의 위력

　어둠이 점령군처럼 사위를 잠식해 들어올 즈음 야스쿠니 신사에는 경찰은 물론 자위대까지 동원되어 삼엄한 경계를 펼치고 있는 중이었다.

　그런 곳, 즉 인류의 상식이 파괴된 공간인 야스쿠니 정문에 각국으로부터 파견된 기자와 과학자 들이 북새통을 이루고 있는 중이었다.

　"물러나세요. 못 들어갑니다."

　"아, 좀 들어갑시다!"

　"안 됩니다."

　"아, 왜에?"

　"잠시만 들어갑시다. 아니면 검은 모래를 좀 나눠 주든가!"

"독극물이 아직 제거되지 않았습니다."

"독극물은 무슨, 검은 가루라고 하던데."

툭!

"어이, 발보이."

"어? 스미스!"

"그렇게 쪼아 봐야 소용없다고."

"아, 씨…… 본사에 뭐라도 보내야 해서 그러지. 자넨 뭐 좀 건졌나?"

"겨우 사진만. 원한다면 나눠 줄 수 있네."

"어? 정말?"

"쉿! 대신 다음엔 자네 차례라는 걸 잊지 말게."

"물론이지, 하하하핫."

"조용히 하게. 전부 나눠 줄 수는 없으니 잠시 나가세."

"그, 그러지."

"그나저나 어제부터 일본인들이 죄다 넋이 나간 것 같지 않나?"

"뭐, 오늘 아침의 분위기로만 보면 하루 밤새 유령도시가 된 기분이긴 하더군."

"나도 그랬네. 일본인들이 신사에 대해 관성적으로 대해 왔던 삶의 궤적이 있어, 신사가 사라짐에 따라 갈 길을 잃은 미아가 된 듯했으니까."

"그러게. 단 한 번도 닥쳐 보지 않은 것에 대한 막연한 두려움이 일본 국민들의 내면에 은연중 자리 잡고 있는 건 아닐지 모르겠군."

"그럴 가능성도 있지. 암튼 사진은 여기 있네. 단 비밀일세."

"나 입 무거우니 걱정 말게."

"그나저나 건물들이 사라지고 검은 가루만 남았다니, 이해가 가?"

"이해가 안 가니까 모래를 한 줌이라도 쥐고 나오려고 저리들 난리잖아?"

"하긴 들어서 아는 것과 눈으로 직접 봄으로써 아는 것과는 천양지차이지."

"맞아. 의심과 사실의 차이만큼이나 큰 거지. 어이, 기다려 봐. 희망이 아주 없는 것은 아니니까."

"뭐? 방법이 있다고?"

"확실한 건 아니야."

"아놔. 신세 진 김에 확 풀어놔 보지 그래."

"아, 안면이 좀 있는 인물이 안으로 들어갔거든."

"오우! 정말? 미국인이야?"

"당연하지. 그러니 좀 기다려 보자고."

"좋았어. 모래 한 줌만 얻을 수 있다면, 그까짓 밤새워 기다리는 것쯤이야 뭐가 어렵겠어?"

"일본 정부는 지금 기절할 정도로 충격을 받아 거기서 헤어나지 못하고 있다더군."

"누가 그래?"

"마이니치의 나쓰메 기자일세."

"그래도 설마하니 기절까지야."

"그게 어느 정도냐면 너무도 큰 충격에 아무런 생각이 들지 않고 뇌가 텅 비어 버릴 만큼이라잖아."

"뭐? 그러니까 뇌가 너무도 벅찬 사실을 받아들이느라 다른 생각이 비집고 들어갈 틈이 없는 상태를 말하는 거야?"

"우리로서야 이해하기가 어렵지만 지금 일본 정부가 딱 그런 처지래. 그 탓에 업무가 마비될 정도라니 상상이 간다."

"하긴 보이지 않는 적에 대한 두려움은 상상외로 크긴 하지."

"그래도 발 빠르게 독도 문제는 걸고 나왔지."

"그거야 국민들의 시선을 돌려 보려는 수작이잖아."

"아, 스미스, 출출하지 않아?"

"그래, 일단 식사부터 하자."

"하하핫, 내가 사도록 하지. 가자고."

그렇듯 정문이 기자들로 소란스러운 가운데 야스쿠니 경내에는 방독면과 방진복을 갖춰 입은 사람들이 구석구석을 뒤지거나 들춰내며 조사에 열중하고 있는 모습이었다.

그들 중 특히 눈에 띄는 사람은 노랑머리의 20대 젊은이와 붉은 머리에 붉은 수염이 수북이 난 40대 장년인이었다.

두 사람은 현재 전쟁박물관인 유슈칸 앞에 서서 말을 나누고 있는 중이었다.

"에단, 일단 여기서 멈추도록 하지."

"히유우—! 어렵네요."

"장장 3시간의 강행군이었으니 그럴 만도 하지."

꿀꺽꿀꺽.

에단이라 불린 청년이 백팩에서 물을 꺼내 몇 모금 마시고는 장년인에게 건넸다.

"마실래요?"

"고맙지만 사양하지. 어때? 진전이 좀 있나?"

"에혀, 정문의 대도리이는 사라져 앞에 있던 오무라 마스지로 동상에다 제 손을 갖다 대 봤지만, 원념이 전해지지 않았습니다. 두 번째 도리이는 그대로 남아 있었지만 역시나 원념을 느끼지 못했지요. 이건 그냥 지나쳤다는 얘기가 돼요."

"그냥 지나쳤으니 원한이 있을 리가 없지."

"맞아요. 본전에 들어가기 전에 거쳐야 하는 미카도(신문)와 세 번째 도리이, 하이덴(배전), 혼덴(본전)은 사라져 손을 대 볼 필요도 없었고요. 영새부봉안전 역시 마찬가지예요. 팀장님, 여기서 이상한 거 못 느꼈어요?"

"목재 건물이나 여타 나부랭이들은 다 재가 되어 버리고 청동이나 철제로 된 것들만 남아 있더군."

"빙고! 그런데 재가 된 게 아니라 사이킥 패싱passing(소멸)이라고 해야 맞는 말이에요."

"아, 그래, 사이킥 패싱."

"안타까운 것은 제 사이킥 아케인 소울psychic arcane soul 수법을 발현시킬 만한 소재가 함께 사라졌다는 거지요."

"흠, 현재로선 할 수 있는 게 없다?"

"훗, 천만에요. 스피리츄얼 커뮤니언(영적 교감)과 사이트 커뮤니언(시각적 교감)을 시도해 보면 대충 윤곽이 나올걸요."

"흠, 예지 능력도 가능하나?"

"아직 그 정도 수준까지는 미치지 못해요."

"오케이. 저쪽에 가 있는 제시를 부를 필요가 없다는 말로 들어도 되겠군."

'으이그, 하여간 코란트 팀장의 압박은 알아줘야 한다니까.'

장년인이 바로 미국 에스퍼들의 산실인 플루토 소속의 레드폭스 팀장인 짐머 코란트란 인물이었다.

"당연하죠. 그리고 제시카도 거기에서 발을 뺄 수 있는 입장이 아니잖아요?"

제시는 제시카의 애칭이었다.

"하긴 제시나 자네 모두 5분의 4등급 마스터로 브라보급이긴 하지."

누가 더 낫다고 할 수 없는 비슷한 경지라는 얘기.

그렇듯 플루토 내에서도 등급 구분이 있었는데, 에스퍼들의 능력을 5등급으로 구분하고 있었다.

5분의 1등급과 5분의 2등급은 뭉뚱그려 유저로 취급했으며, 델타급이었다.

2.5에서 3등급 사이는 하프라 불리며 찰리급에 속했다.

5분의 4등급은 마스터로 브라보급, 5분의 5등급은 언리미터, 즉 무한자급이었다.

그 위로는 누구도 닿아 보지 않아 알 수 없는 영역이었기에 초능력자들의 주인이라는 뜻인 에스퍼 오우너, 즉 담용이 올라선 경지인 앱솔루트로 구분하고 있었다.

"맞습니다. 그런데 청동이나 철제를 매개로 하는 영靈은 극히 비효율적인 거라는 건 아시죠?"

"철제든 나무든 상관없이 오래 묵은 것일수록 스피릿 파워(영력)가 강한 건 당연한 이치인데 여긴 좀 이상하군. 마치 그 역할을 다하고 삭아 버린 듯이 말이야."

"정확하게 보셨어요."

"그리 말하는 걸 보니 확신하는 게 있는 것 같군. 맞나?"

"익숙하지 않긴 하지만 사이킥 파워의 흔적이 잔존하는 것은 확실합니다."

"흠, 우리 외에도 또 다른 에스퍼가 존재하고 있다는 증거로군."

"그것도 막강한 존재입니다. 이토록 넓은 공간을 재로 만들어 버린 존재라면…… 후우, 저는 상상도 안 갑니다."

"알아, 내 사이코멘시(정신감응)로도 알 수 있을 정도였으니까."

"그쵸? 제 말이 맞죠?"

끄덕끄덕.

"그렇게 여겨지긴 하는데…… 좀 다른 것 같은 느낌이었다. 나만 그런 느낌인지 의문을 풀고 싶은데, 자네의 사이코메트리로는 어땠나?"

"아! 그런 느낌은 저도 마찬가지였어요."

"말해 보게."

"제가 지정한 추적자를 추적할 때 끝까지 친숙한 기분을 유지하는 탓에 성공률이 100%에 가깝습니다. 그런데 이건 어딘가 모르게 친숙하면서도 이질적인 기운이 느껴져서 바짝 따라붙지 않고는 추적이 쉽지 않겠다는 걸 알았어요."

"호오! 이질적인 기운이라면? 아, 예를 들어서 말해도 괜찮아."

"글쎄요. 아! 그랜드 캐니언 국립공원 안에 후지산이 들어가 있다고나 할까요?"

"허헛, 그거 적절한 표현 같군."

다시 생각해 보니 많이 어색할 것 같긴 하다.

"팀장님의 느낌은 어땠나요?"

"자네와 비슷해. 레어 스테이크를 맛있게 먹고는 차가운 얼음물을 마신 격이랄까?"

배 속에서 포화지방산이 둥둥 떠다닐 거라는 얘기다.

"하하핫, 그 말이 그 말이군요."

"그래서 말인데 이쯤에서 자네 밑천을 꺼내 보는 건 어때?"

"지니genie를 소환하라고요?"

"그게 내가 원한다고 해서 마음대로 되겠나? 하지만 그래 줬으면 해. 벌써 시간이 많이 지났거든."

"으음, 여기가 제 가디언을 호출할 장소로 적당한지 잘 모르겠어요."

"아, 장소를 가리나?"

"지니는…… 이런 음침한 장소를 별로 안 좋아하거든요. 특히 오염된 곳이라면 아무리 소환해도 소용이 없어요."

"퍼밀레러티(친숙도)에 문제가 있는 것 같군."

"만난 지 얼마 되지 않은 데다 또 워낙 까탈스러운 녀석이라 아직까지는 서로가 어색해서 감응에 서툰 상태예요. 그래서 조심스럽게 대할 수밖에 없어요."

"어렵단 얘기군?"

"예, 여긴 환경이 좀……."

"쯧, 이래서야 써먹을 수나 있나?"

"덴버에서는 연방경찰의 골칫거리였던 연쇄살인범을 추적해서 잡았잖아요. 아칸소와 뉴욕에서도요."

"그렇긴 하지."

그때 에단이 스스로를 증명했었기에 데려온 건 맞다.

'하아, 이거 쉽지 않겠는걸.'

아쉬운 표정을 자아내던 코란트가 속으로 중얼거렸다.

'에단은 아직 못 느꼈나 보군.'

염력의 차이라기보다 부족한 경험에다 필링(기감)을 확장시키는 묘용이 부족해서다.

"에단, 기감에 뭐 느껴지는 게 있나?"

"방금 물었보셨잖아요?"

"아니, 내 말은 이외에 다른 기운이 느껴지는 게 있느냔 말이야."

"아뇨."

대답이 곧바로 나오는 것을 보니 에단은 자신의 실력에 대단한 자부심을 갖고 있는 듯했다.

"알았다."

코란트는 시선을 돌려 뜰을 중점적으로 살피고 있는 아마테라스 요원들을 둘러보았다.

"열심이군."

"아마테라스 애들은 좀 진전이 있는지 모르겠네요."

"군데군데 모여 있는 걸 보면 뭔가 단서 비슷한 걸 주워서

의논하는 모양이야."

"그래 봐야 쟤들 수준으로는 소용없을 거예요. 제 생각엔 이질적인 기운이 존재한다는 걸 발견하는 것만으로도 썩 훌륭한 수준일걸요."

"맞는 말이긴 한데 방심하지 마라. 아마테라스의 역사가 짧음에도 바로 턱밑까지 쫓아온 상태니까."

"명심합지요. 근데 팀장님, 벌써 3시간이 지났다면 서둘러야겠어요."

"그래, 멜런 부팀장과 합류하기로 한 시간이 2시간도 채 안 남았구나. 일본 애들도 그렇고. 일단 유슈칸으로 가자꾸나."

"옛!"

아직 젊은 만큼 씩씩하게 대답한 에단이 앞장서 가는 뒷모습을 쳐다보던 코란트가 쥐고 있던 손아귀를 폈다.

주르르르.

이제는 음침한 공터로 변해 버린 야스쿠니에 지천으로 깔린 검은 가루가 흘러내렸다.

텅 빈 손을 쳐다보는 코란트의 표정에는 심사가 편치 않음이 역력하게 드러나고 있었다.

그 이유는 그 어디서도 접하거나 보지 못했던 검은 가루였기 때문이었다.

'잔재로 남았든 불에 탔든 목재의 성분이어야 하는데……

당최 어떤 재질인지 알 수가 없구나.'

검은 모래처럼 보이지만 그보다 훨씬 가벼운 질감의 검은 가루는 코란트조차도 정체를 알 수 없는 처음 대하는 물질이었다.

그럼에도 묘한 기운이 감돌고 있음을 느낄 수 있어 에스퍼의 사이킥 파워에 의해 발생한 것이라 추측하고 있는 중이었다.

확신이 아닌 추측인 이유는 인간의 순수한 염력의 기운과는 근본적으로 차이가 있어서였다.

즉, 얼핏 같아 보이긴 하지만 묘한 차이로 인해 전혀 다른 성질이라는 것.

'흠, 이번 일…… 정말 쉽지 않겠군.'

딱 그런 예감이 들자, 습관처럼 고개가 저어졌다.

코란트는 아직도 의기를 꺾지 않고 씩씩하게 걸어가고 있는 에단을 보면서 플루토의 치프이자 교수인 레단 판테오와의 대화를 떠올렸다.

―이봐, 코란트, 가드까지 합하면 모두 일곱 명을 잃었네.
―플루토의 역사상 상식 밖의 일이긴 합니다.
―상식이 계속 어긋나면 그걸 상식이라고 할 수 있겠나?
―저 역시 그런 생각을 하고 있었습니다. 다만…….
―다만?

-대통령 선거가 끝나고 난 다음에 여쭐 생각이었습니다.

-결과가 나오기까지 며칠 남지는 않았지만 이제 말해 보게. 어떻게 할 건지 말일세.

-제가 직접 가려고요.

-뭐? 직접 간다고? 어디로?

-잽에 잠시 들렀다가 사우스 코리아와 치나요.

-엉? 잽이나 치나는 그렇다 쳐도 사우스 코리아엔 왜?

-문제의 발단이 된 곳이 사우스 코리아이기에 한 번은 들러야 할 곳이라서요.

-그곳은…… 지부장의 보고로 봐서는 문제가 없는 걸로 아는데? 에스퍼의 흔적도 치나로 이어졌잖나? 하얼빈이었던가?

-맞습니다. 그곳은 필히 가 봐야겠지요. 그러나 당장은 어렵습니다. 거기도 대폭발로 인해 어수선하거든요.

-하긴 검문이 심하다더군. 사우스 코리아에 뭐, 의심되는 곳이라도 있나?

-딱히 정한 곳은 없어요. 그렇지만 아이들이 희생당한 곳을 중심으로 찾을 생각입니다.

-하긴 그렇게 맥없이 사라질 아이들은 아니지. 벌써 일곱 명이나 죽었으니…….

-예, 사우스 코리아에서 세 명, 치나에서 네 명.

-킬러와 가드를 포함한 숫자이긴 해도 갑자기 너무 많이

희생됐습니다.

—그래, 국가 전력으로 봐도 치명적인 손실이지.

—에스퍼 한 사람을 키우는 데 들어가는 돈도 돈이지만 그런 자질을 갖고 있는 아이들을 발굴해 내는 것이 더 어렵지요. 근데 그보다 더 중요한 것은 그들의 희생에 손을 놓고 있으면 안 된다는 겁니다.

—그래, 누굴 데려가려고?

—에릭과 산달 그리고 릴리를 데려가려고요.

—뭐? 걔들은 일본 아이들을 가르치고 있잖나?

—물론 이곳 아이들도 같이 데려갈 겁니다.

—헐. 전쟁을 치르자는 것도 아니고…… 보고서를 따로 받을 테니 지금은 간단하게라도 말해 봐. 다른 밴드band에서 눈치를 채기 전에 조치를 해 놔야지.

—그래서 순환 근무 형식을 띠려는 겁니다.

—아, 아…… 걔들의 근무 기간이 길긴 했지. 나머지 애들은 누구지?

—특화된 아이 세 명을 발굴했는데. 에단과 제시 그리고 마이언입니다.

—그래, 그 보고는 나도 받아 알고 있지. 하면 기존의 멤버에 더해 신참 세 명을 데리고 간다는 말이군.

—예.

—좋아, 그럼 이렇게 하지.

-예?

-요즘 자꾸 대원들의 희생이 발생하니 그린 배저를 같이 대동하도록 하게.

그린 배저Green Badgr는 CIA와 계약을 맺고 활동하는 청부인으로, 각 방면의 전문가라고 할 수 있었다.

-예에? 그린 배저를요?

-불만이 가득한 얼굴이로군.

-우리가 전쟁이라도 하러 나가는 줄 알겠습니다.

-상관없네. 이건 명령이니까.

-끄응. 아, 알겠습니다.

-또 하나.

-또요?

-프로파일링 전문가 한 명과 동행하게.

-뭐, 프로파일링 전문가라면 어느 정도 도움이 되겠네요.

-오드리 멜런이란 여성일세.

-여, 여성요?

-에스퍼가 아니라고 해서 그녀를 가볍게 여겨서는 안 되네.

-……?

-놀라지 말게. 그녀는 샤먼 포제션일세.

-예에에?

-직급은 부팀장이네.

그렇게 코란트가 레단 판테오와 있었던 대화를 상기하며 오드리 멜런이 있을 법한 반대편을 바라보았다.

　　그곳에 신참인 에단처럼 제시카와 마이언도 함께하고 있는 중이었다.

　　'뭐, 잘하고 있겠지.'

　　코란트가 다시 에단을 따라 유슈칸으로 향할 때, 한 번쯤 조우했던 기운이 감지됐다.

　　순간, 코란트가 미간을 살짝 찌푸린다 싶더니 '홱!' 하고 상체를 틀었다.

　　코란트의 시선이 소총을 든 채, 이제 막 돌격하려고 자세를 취하고 있는 일본 병사의 조각상에 꽂혔다.

　　소멸되지 않은 병사의 조각상은 삐딱하게 서 있었고, 두 발이 땅에 파묻힌 채였다.

　　아마도 조각상을 올려놓았을 받침대가 가루가 된 탓에 그리되었으리라.

　　'또…… 사라졌어.'

　　야스쿠니에 들어오면서부터 기감을 최대로 확장시키고 있던 코란트에게 이질적인 기운이 처음 감지된 것은 얼마 되지 않았다.

　　'저기가 본전이 있었던 자리였지 아마?'

　　제1도리이가 있던 자리에서 저기까지 오는 데만 2시간이 넘게 걸렸지만, 사실 그 당시에 감지했을 때는 긴가민가했다는 게 맞다.

너무도 다른 이질적인 기운이었던 터라 야스쿠니 특유의 분위기로 인해 생긴 것으로 여겼었다.

'귀신이 없으란 법은 없으니까. 특히 지로이오잉호스터(ziloioinghoster : 지박령)는 어디나 존재하는 법이니······.'

그런데 그때와 똑같은 기운이 바로 코앞에서 알짱거리며 감시하는 것 같은 느낌이 들자, 꼭 분위기 탓만은 아니라고 여겨졌다.

동시에 기분도 상당히 나빠졌다.

느낌이 꼭 감시당하는 것 같아서였다.

'누군가 귀신을 부리고 있는 건지도······.'

여태껏 조사를 해 오고 있었지만 사실 감도 오지 않는 현상에 자괴감이 들고 있는 와중이었다.

동양과 서양이라는 간극의 차이를 무시할 수 없다지만 에스퍼는 일맥상통하는 점이 많았다.

이는 아마테라스 본부에서 같이 훈련하면서 느낀 바였다.

차이가 있다면 문화적인 차이에서 오는 관습에 의한 의식과 행위 정도였다.

특히 동서양 공히 귀신을 믿고 있었고, 에스퍼들은 그 믿음이 일반인들보다 더 확고했다.

나아가 일반인들의 상식이나 의식과는 다르게 뭐든 가능하다는 전제하에 의문을 풀어 가야 하는 점도 있었다.

'이건 필시 지박령일 확률이 높다.'

지박령은 자신의 죽음을 깨닫지 못하고 죽음을 당한 장소에서 떠도는 귀신을 일컫는 말이다.

무속에서 말하기를 비명횡사가 잦은 장소 또는 익사 사고가 잦은 장소, 교통사고가 잦은 장소 등에는 망자가 저승으로 가지 못하고 혼귀로 떠도는 귀신, 지박령이 존재한다고 했다.

코란트 역시 에스퍼답게 귀신이 반드시 존재한다는 것을 믿는 사람이었고, 지박령이라 확신했다.

'어디 시험해 볼까?'

이질적 기운은 아직도 느껴지고 있었다.

그래서 슬쩍 사이킥 맨틀(염동장막)을 발현시켜 반응을 보기로 했다.

'혹시 알아, 재수가 좋으면 단서라도 잡을 수 있을지.'

코란트에게 괴로운 일은 결과의 유무는 둘째 치고 아무것도 하지 않고 빈손으로 돌아가는 것이었다.

지금은 뭔가라도 시도할 때였다.

'가라.'

오른손을 눈앞에 어른거리는 파리를 내쫓듯 가볍게 휘저었다.

순간, 병사 모형의 석상이 흔들한다 싶더니 이내 부스스 가루가 되어 바닥에 쌓였다.

'헛!'

헛바람을 들이켠 코란트가 재빨리 사이킥 체이서(추적)를 발현시키고는 두 팔을 쭉 편 채, 한 바퀴 돌았다.

놈이 달아나는 기운이 확연히 감지됐기 때문이었다.

지이이…….

채 한 바퀴를 돌기도 전인 3분의 2 지점에서 뭔가 걸리자, 앞서가는 에단에게 소리쳤다.

"에단! 8시 방향 샷건 발사!"

코란트의 말을 들은 에단이 즉시 몸을 틀어 왼손을 쭉 내밀고는 소리쳤다.

"사이킥 샷건(산탄총)! 리스트레인트 네트(속박 그물)!"

부부부부부…….

은은한 빛의 알갱이가 폭 넓게 쏘아졌고.

촤라라라락.

은어처럼 빛을 발하는 선이 그물을 형성하더니 빛살처럼 펼쳐졌다.

그렇듯 환한 빛과 더불어 발사음, 그물이 넓게 퍼지는 소리가 조용한 밤의 야스쿠니를 뒤흔들었다.

끼오오오옷--!

뒤를 이은 것은 소름 끼치는 공포를 동반한 괴물의 비명 소리, 아니 귀신의 호곡 소리였다.

신사의 본전이 있었던 뒤편에는 정원이 있었지만 지금은 흔적만 발견될 뿐 폐허로 변해 있었다.

　그곳에서 일본의 에스퍼들인 아마테라스 대원들이 검은 재를 열심히 뒤적거리며 단서를 찾느라 애를 쓰고 있었다.

　모두 3개 조로 나뉘어 정원을 수색하고 있는 대원들을 팔짱을 낀 채 바라보고 있는 장년의 인물은 시미즈 겐조로, 아마테라스의 파견대장이었다.

　고로 시미즈 겐조의 지휘 아래 무려 3개 조가 파견 나와 있는 셈이었다.

　이들은 코란트 일행과는 달리 삽과 괭이, 가래 등을 동원해 작업에 임하고 있는 중이었다.

　즉, 검은 재를 일일이 파헤치며 나아가고 있는 것이다.

　자연 작업이 더딘 데다 능률도 오르지 않고 있었다.

　중장비를 들여서 하자니 단서가 될 만한 것들까지 싹 밀어버릴까 싶어 동원할 수도 없었다.

　'이런 참혹한 현실이 눈앞에 전개되어 있다니.'

　시미즈는 임무를 받고 이곳으로 올 때까지만 해도 자신만만했었다.

　그런데 주변이 마치 화산재로 뒤덮인 것처럼 온통 새까맣다는 것은 생각조차 못 했기에 보는 순간, 임무 수행에 자신이 없어지는 자신을 발견했다.

'도저히 현실로 받아들여지지 않는군. 이게 사람이 한 짓이라고? 믿을 걸 믿으라고 해야 믿든 말든 하지.'

하지만 눈앞의 상황은 너무도 엄혹한 장면이자 현실이었다.

오히려 너무도 생생한 탓에 뇌가 받아들이지 못하고 있다고 해야 맞는 말일 것이다.

'크흑, 야스쿠니여—!'

속으로 절규하는 시미즈는 보는 눈들이 있어 무릎을 꿇지 못하는 대신 주먹을 불끈 쥐는 것으로 분노를 대신했다.

힘줄이 도드라지고 있는 것으로 보아 시미즈의 분노는 대단해 보였다.

'반드시 밝혀내고 말리라.'

시미즈 역시 여느 우익들처럼 '야스쿠니에서 만나자.'란 말을 신봉하는 골수 우익분자였던 것이다.

그래서 그 누구보다도 빨리 원인을 밝혀내고 싶었고, 나아가 범인 또한 검거하고 싶은 심정이었다.

그러니 작업 진척이 더딘 것을 보고 어찌 화를 내지 않겠는가?

결국 시미즈가 참지 못하고 거친 음성을 토해 냈다.

"오잇! 오타!"

"하잇! 대장님."

"왜 이리 작업 진도가 나가지 않는 건가?"

"그, 그게……."

"똑바로 말해!"

"하, 하잇! 원래가 원체 무성했던 정원이라 재를 파내고 파내 보지만 끝없이 나오고 있어서 작업이 더딥니다."

"끙."

앓는 소리를 내보지만 시미즈 자신이 봐도 그랬기에 더 뭐라고 할 수가 없었다.

야단을 친다고 해서 달라질 것 같으면 천 번도 더 했으리라.

"할 수 없다. 이러다가 한 달이 걸려도 다 못 하겠다."

"3조에 있는 사카이를 호출할까요?"

"그래, 한 번에 날려 버린다. 호출해!"

"하잇!"

오타가 저 멀리 정원 구석에서 작업하고 있는 3조를 향해 내달리려 막 폼을 잡을 때였다.

끼오오오옷─!

가늘면서도 뾰족한 괴음이 고막을 때리더니 정수리까지 뻗쳐 왔다.

동시에 공포가 뇌를 장악하면서 전신으로 오소소한 소름이 돋았다.

"헉! 뭐, 뭐야?"

난데없는 공포와 소름에 시미즈가 깜짝 놀라서는 펄쩍 뒤로 물러났다.

"시, 시미즈 대장님. 저, 저기 보십시오. 플루토가 맡은 구역에서 나는 소립니다."

얼굴이 새파래진 오타가 덜덜 떨리는 손으로 유슈칸 쪽을 가리켰다.

"대체 무슨 일이지?"

"귀신의 곡소리 같습니다. 신사를 배회하고 있던 니카타노온(지박령)이거나 아니면 범인이 남겨 놓은 단서일 수도 있고요."

"뭐? 단서라고!"

"그, 그럴지도……."

"가 보자! 오타, 너의 조만 집합시켜!"

"하이! 1조, 나를 따라와라!"

"대장님, 저기 빛그물을 보십시오."

"오잇, 코란트 팀장이 잡았나 보다. 빨리 가!"

끼오오오옷—!

괴성은 점점 더 커져 갔고, 비례해서 진득한 공포가 전신으로 스며드는 기분도 짙어졌다.

"으으으, 대체 이게 무슨 조화인지……?"

"마지막 발악을 하는 걸 겁니다. 저길 보십시오."

"나도 보고 있어."

그들의 눈에 실체는 보이지 않았지만 빛의 그물에 걸린 유령(?)이 몸부림을 쳐 대는 모습이 들어왔다.

귀에 거슬리도록 토해 내는 비명도 거기서 기인하고 있었다.

"저거 지옥유령이 맞지?"

"헛! 지옥유령!"

"틀림없다. 모두 소리쳐, 지옥유령이라고."

"하이! 지옥유령이다-!"

"지옥유령이 잡혔다-!"

그렇게 시미즈의 일행이 고함을 쳐 대며 뛰어갈 때였다.

뻐어어엉-!

느닷없이 고막을 찢는 듯한 굉음이 터져 나왔다.

털썩. 철푸덕.

"크으윽!"

"크윽!"

득달같이 달려가던 시미즈와 그 부하들이 강력한 충격에 고막이 먹먹해지면서 중심을 잃고 쓰러졌다.

"아악! 티, 팀장님!"

"으으윽! 에단, 사이킥 맨틀(염동장막)을 발현시켜!"

미지의 기운을 잡는 데만 급급했던 코란트와 에단 역시 예외는 아니어서 급작스러운 사태에 당황했지만 곧바로 사이킥 파워를 시전해 조치를 취했다.

하지만 그것으로 끝난 게 아니었다.

'억, 왜 이리 뜨겁지?'

별안간 주변의 공기가 뜨거워졌다는 것은 인지한 코란트가 본능적으로 소리쳤다.

"에단! 기감을 거둬들이고 엎드려! 빨리!"

"앗! 뜨거워! 그쪽으로 갈게……."

"그럴 시간이 없다. 사이킥 맨틀을 단단히 둘러! 아직도 뜨겁나?"

"지금은 괜찮아요."

"기감을 거둬들여서 그래."

"에? 그럼 놈이 지옥유령……."

"그건 알 수 없어."

슈우우욱!

폭발 지점에서부터 시작된 뜨거운 공기가 검은 모래를 덩어리로 만들더니 마치 열기구처럼 빠른 속도로 상승했다.

"고개 처박고 절대 움직이지 마!"

슈아아아아ー!

스산한 소음을 들으니 마치 거대한 폭발이 일어난 주변이 진공상태가 되듯 공기마저 비운 텅 빈 공간이 된 기분이었다.

'이런! 진공상태야. 어찌 이런 일이! 고작 지박령을 잡았을 뿐인데…….'

핵폭탄이 터지는 것 같은 현상이라니!

쮸우우우욱.

마침내 빈 공간을 채우기 위해 주변의 공기가 빠른 속도로 밀려들었다.

순간, 반경 20~30m가량이 진공상태로 화하더니 대기를 순식간에 빨아들였다.

하지만 곧 중압을 견디지 못한 압축된 대기가 폭발하면서 굉장한 폭풍이 일었다.

후우우웅―!

'젠장 할, 후폭풍까지.'

무슨 핵폭탄이 터진 것도 아니고.

코란트는 도무지 이해가 가지 않는 현상이 연이어 일어나자, 정신이 혼란해졌다.

촤촤촤촤촤……

"에단! 긴장해! 후폭풍이다!"

"옛설!"

드드드드드……

"쇄설물이다! 조심해!"

야스쿠니에 잔뜩 깔려 있던 검은 모래와 그나마 모습을 간직하고 있던 동상, 조각 그리고 아름드리나무 둥치 들이 그 여파에 휩쓸리면서 산산이 부서지고 말았다.

실로 엄청나고도 상상조차 할 수 없는 위력이라 보는 사람

으로 하여금 일시에 얼이 빠지게 할 정도였지만 본 사람은
아무도 없었다.

샤샤샤샤샤……

귀신 옷깃 스치는 소리 같은 기분 나쁜 소음이 귀를 간질
이듯 속삭이며 등줄기를 훑고 가자, 코란트는 지레 몸을 떨
어야 했다.

'씨발. 제발 그냥 가라.'

뭔지는 모르지만 지금은 뭐든 불안했다.

머리를 들어 직접 확인하고 싶지만 미지의 현상에 대해 알
지 못하는 한 그것은 죽음을 부르는 모험에 불과해 옴짝달싹
도 하지 못하고 엎드려 있어야 했다.

한데 잠시가 지났을 뿐인데 너무도 조용하지 않은가?

'벌써?'

너무 빠르다고 여겼지만 궁금증이 코란트를 재촉했다.

스윽.

고개를 들어 주변을 훑어보았다.

'헐!'

반경 30~40m가 휑하니 바닥을 드러내고 있는 것이 눈에
들어왔다.

"티, 팀장님."

"이제 괜찮은 것 같다."

"휴우, 이게 뭔 조화입니까?"

"나도…… 모르겠다."
솔직한 심정이었다.
"부팀장님과 팀원들이 오는데요?"
그만한 폭발음이 있었으니 당연한 일이다.
"모두에게 전해, 오늘은 이만 철수한다고."
"옛!"

잠입

　자정이 지난 도쿄 외곽의 시부야역에 도착한 담용이 서둘러 개찰구를 빠져나가는 사람들 틈에 끼어 모아이 광장으로 나왔다.

　'비는 거의 그쳤군.'

　오전만 하더라도 하늘에 구멍이라도 뚫린 듯이 억수같이 퍼부어 대던 비가 오후에는 차츰 옅어지더니 이제 그치려는지 자정이 지나고부터 보슬비로 변해 있었던 것이다.

　기실 진즉부터 시부야역에 도착한 담용은 모모의 짐작대로 이미 사전 답사를 끝낸 상태였다.

　그것도 시부야역을 중심으로 반경 5km를 대충이나마 조사해 두었다.

담용이 서 있는 곳은 그 유명한 시부야 사거리 횡단보도였
다.

　시부야 사거리가 유명한 것은 신호가 바뀔 때마다 도로를
꽉 채우는 인파 때문이었다.

　어디서 그렇게 많은 사람들이 나오는지 도로를 하루 종일
인파로 꽉 채운 진풍경을 야기한다고 했다.

　모모의 말로는 심지어 그 광경을 구경하기 위해 관광을 오
는 사람들이 있을 정도라고 했다.

　하지만 지금은 비까지 부슬부슬 내리고 자정이 넘은 시각
이라 그런 진풍경은 볼 수가 없었다.

　그 대신에 갑작스러운 소낙비로 인해 망가진 크리스마스
트리만이 어질러져 있었다.

　더불어 낮에는 그리도 울려 퍼지던 크리스마스 캐럴송도
모두 잠들었는지 조용했다.

　'거참, 크리스마스가 공휴일이 아니라니…….'

　모모 왈.

　ㅡ일본은요. 종교적 색채가 강한 날은 휴일로 지정하지 않
아요. 일본의 법이 그래요. 서양 국가만큼이나 화려하게 트
리를 장식하고 캐럴송이 울려 퍼지긴 하지만 평일이에요. 호
호홋.

'어? 저 녀석!'

스포츠카 한 대가 폭주해 오는 것을 수상히 여긴 담용이 얼른 뒤로 물러섰다.

아니나 다를까?

촤촤촤아아아─!

느닷없는 기습 물세례가 신호를 기다리던 행인들을 덮쳤다.

이어서 오른손이 차창 밖으로 나오더니 가운데 중지가 쑥 올라왔다.

구정물 세례에다 손가락 욕설까지.

어디서 못된 것만 배운 철부지 폭주족의 스포츠카는 유유히 시야를 벗어나고 있었다.

"악! 차거! 야이, 미친놈아!"

"야이잇! 가다가 콱 처박아 버려라!"

미처 피하지 못하고 구정물 세례를 당한 행인들이 욕설로 화풀이를 하며 악을 써 댔다.

'망할 자식, 완전 고의였어.'

도로는 아직까지도 고지대에서 물이 계속해서 흘러내리는 통에 미처 빠지지 못한 빗물이 상당량이 고여 있었다.

고로 차량이 지날 때마다 물세례를 당하기 쉬웠다.

게다가 하필이면 횡단보도 쪽은 유난히 깊어 물이 상당히 고인 상태였다.

스포츠카를 몰았던 놈은 고의로 그걸 노려서는 도로 경계석 근처까지 다가와 구정물을 튀기는 것으로 신호 대기 중인 행인들을 골탕 먹인 것이다.

　　얼핏 보기에도 꽤나 값나갈 법한 스포츠카인 걸로 보아 어떤 부잣집 철부지 녀석이 재미삼아 행인들에게 골탕을 먹인 것이 확실했다.

　　'프라나, 저놈 어떡할까?'

　　－조져 버려!

　　'아니, 얘가 왜 이리 과격해졌지? 기연의 후유증인가?'

　　담용이 속으로 의아해하며 물었다.

　　'뭘로?'

　　－사이킥 캐넌.

　　'염동포?'

　　염력으로 발현된 대포라고 보면 맞다.

　　'흠, 과격해진 건 확실하지만 담용도 반대하지 않았다.'

　　－저런 폭주족은 한번 호된 맛을 볼 필요가 있어. 어때? 콜!

　　'콜! 발사해!'

　　－이미 쐈어, 두 방.

　　'뭐?'

　　기가 찼다.

　　'헐! 이미 쏴 놓고선 묻긴 뭘 물어봐?'

뺑! 뻐뺑!

앞바퀴와 뒷바퀴가 차례로 터짐과 동시에 '끼이익!', '끼이이이이익-!' 하는 마찰음이 길게 이어졌다.

찰나, '쿵!' 소리가 나더니 보도 경계석에 걸린 차량이 옆으로 데굴데굴 구르더니 백화점의 조형물을 들이받았다.

쾅!

"악!"

"저, 저런!"

"쳐 죽일 놈. 내 저럴 줄 알았다니까."

"버르장머리 없는 놈이지만…… 저 정도면 많이 다쳤겠는데?"

"죽었을지도 모르죠."

"비싼 차라 죽지는 않았을 거요."

"괘씸한 놈이긴 하지만 가서 살펴봅시다."

"그럽시다. 누가 신고 좀 해 줘요."

행인들 중 몇 사람이 사고 차량 쪽으로 달려갔다.

푸슈! 푸시시이-!

보닛에서 하얀 연기가 솟아올랐다.

이어서 '화륵!' 하고 연료통 부분에서 불길이 일었다.

'어린 녀석이로군.'

이제 갓 고등학교를 졸업하는 졸업 예정자같이 앳되어 보였다.

장애물 너머로 투시 가능한 수법인 클레어보이언스로 본 모습은 그랬다.

'뭐, 호되게 당했으니 다음에는 주의하겠지.'

저런 식이라면 조만간에 목숨을 잃을 수도 있어 어쩌면 생명의 은인일지도.

아무튼 사고를 유발한 원인 제공자인 담용은 모른 체하고는 제 갈 길을 갔다.

방향은 센타가이였고, 목적지는 엑셀런트 도큐 호텔이었다.

모모의 말에 의하면 엑셀런트 도큐 호텔의 원소유자는 모리구치구미이지만 명의는 바지 사장 이름으로 되어 있다고 했다.

'여기는 아직도 열기가 가득하군.'

새벽으로 치닫는 시각임에도 불구하고 쇼핑몰을 중심으로 열띤 활기가 차올라 있었다.

모두가 질풍노도의 시기를 겪으며 넘치는 호르몬을 분출시키려는 젊은이들로 인해서였다.

'이들은 아무런 상관이 없는 것 같군.'

야스쿠니신사의 소멸과 고교의 예고장과는 전혀 관계가 없는 듯, 젊은이들은 저마다의 재미에 푹 빠져 있었다.

열기 띤 거리를 지나친 담용은 바로 코앞으로 다가온 엑셀런트 도큐 호텔을 무심히 지나쳤다.

'근무조가 바뀌었군.'

누가 보더라도 무심히 지나치는 행인으로 보이는 담용이 었지만 프라나의 눈을 통해 호텔 정문을 빠짐없이 관찰하고 있었다.

호텔 정문을 비롯한 요소요소에는 다소 많다 싶은 건장한 사내들이 서 있거나 혹은 주변을 서성이고 있었다.

오후에 답사차 와서 봤던 사내들이 아니었다.

제복을 갖춰 입은 애들은 직원들일 테고 나머지는 행동책 인 코친들일 것이다.

코친은 원래 쌈닭을 일컫는 말이었지만 야쿠자 세계에 게는 앞장서서 전투에 나서는 행동전위대를 가리키는 말이 었다.

'프라나, 아까 설명해 준다고 했었지?'

─분신?

'응, 64분의 1이라니? 뭔 말이야?'

─분신이 64개까지 가능하단 뜻이었어.

'갑자기 그렇게 늘 수 있는 거야?'

─분신은 원래부터 할 수 있었어. 몸 된 주인이 써먹지 않 았을 뿐이지.

'이씨, 진즉에 말해 주지.'

하긴 나디가 분신을 할 수 있음을 어렴풋이 알긴 했었지만 그냥 딸려 온 재주 중에 하나인 줄 알고 지나쳐 버렸다가 생각이 나서 분신이 가능하냐고 물었던 건 담용 자신이었다.

'고쿄에 보낸 분신의 상태가 느껴져?'

−당연하지, 100km 이내인데.

'어때 보여?'

−현재까지는 이상 없어. 근데 앞으로 이런 일이 잦을 텐데 코드 번호를 정해 놓고 부르는 게 좋지 않겠어?

'똑똑한 놈. 이럴 땐 칭찬해 줘야 힘을 내겠지?'

담용은 즉각 칭찬했다.

'굿 아이디어다.'

−에헤헤헷.

'단순한 놈.'

담용의 생각을 읽지 못하는 상태에서의 순수 지능은 초등학생 정도일 것이다.

'뭐가 좋겠어?'

−그건 몸 된 주인의 몫이다.

조금 곤란하다 싶으면 뒤로 빼는 녀석이 얄밉다.

'분신은 전부 스플릿split으로 통일해. 야스쿠니에 보낸 분신은 코드명은 S1이다.'

−접수 완료! S1이 보내 주는 영상을 보여 줄 수 있는데……

'그래? 생각지도 못했던 수확이다.'

앱설루트의 경지에 들어서니 적지 않은 것들이 편리해지

는 기분이었다.

'나중에. 지금은 이곳에 집중해야지.'

일단은 의뢰를 완수하는 게 먼저다.

'차크라의 소모에 크게 지장이 없는 분신 숫자는?'

―16개. 조금 무리하면 32개.

정확히 4분의 1과 절반이다.

'그럼 32개로 하고 래커 스프레이를 준비해.'

적지에서 우물쭈물할 이유가 없어 다소 무리를 하기로 했
다.

―몸 된 주인, 20개밖에 준비 안 했다.

'그 정도면 돼. 하나씩 맡고 나머지는 도우라고 해.'

―준비 끝.

'좋아, 전부 통제할 수 있지?'

―말이라고? 최소 100km 내까지는 통제할 수 있다.

'진짜?'

―아마 200km도 가능할 테지만, 그건 모험 정신이 필요하
다.

대박이긴 했지만 모험은 절대 사양이다.

"야스쿠니로 보낸 분신은 통제가 가능해?"

―고작 하난데 뭘? 거리도 34km밖에 안 돼.

거리나 차크라양에는 문제가 없다는 얘기.

―하지만 문제가 전혀 없는 건 아니야.

'어떤 경우야?'

－100km 정도의 거리는 일상생활이 가능한데 200km는 차크라를 끊임없이 운기해야 가능할 거야.

즉 가부좌를 틀고 앉아 차크라 운기에 들어야 한다는 소리다.

'흠, 그렇단 말이지.'

－일단은 예상이야. 일정 이상의 능력에 대해서는 확실한 게 아무것도 없다는 뜻이야.

'알았다. 우선은 이 일부터 끝내고 보자. 래커 스프레이로 호텔 안팎의 감시 카메라들을 죄다 까맣게 칠해 버리라고 해.'

－오키.

꾸울렁.

정수리에서 뭔가 뭉텅이로 빠져나가는 느낌이 전해지자마자 약간의 현기증이 일었다.

그런데 다른 때와는 달리 편안한 느낌이 들었다.

아마도 꽉 차 있던 차크라의 공간에 여유가 생겨서인 것 같다.

그러나 잠시 띵했던 감각이 불안해 쓴소리가 나왔다.

'야! 차크라양이 너무 많이 빠져나가는 것 같은데?'

한번 데다 보니 자라 보고 놀란 가슴 솥뚜껑 보고도 놀라는 식이다.

─몸 된 주인, 괜찮으니 안심해라. 글고 지금 감시 카메라 천지야. 의심 가는 행동을 하면 곤란하다고.

'젠장.'

담용도 자신의 행적이 끝까지 드러내야 하는 숙제가 있었기에 그대로 지나쳐 골목을 끼고 돌았다.

감시 카메라가 많다고는 해도 사각은 있기 마련이고 더구나 골목까지 미치기는 어려웠기에 택한 장소였다.

희미한 가로등 불빛 아래의 골목은 인적이 끊어진 지 제법 된 듯, 하모니로 부슬부슬 내리는 비와 어울리다 보니 당장 뭐라도 튀어나올 것처럼 스산했다.

꼼꼼하게 위를 올려다보며 두루 살핀 담용은 이 정도면 안심해도 될 것 같다는 판단이 서자, 프라나에게 의념을 전했다.

'프라나, 현재 캡슐슈트의 지속 시간은?'

기연이 있기 전, 그러니까 야스쿠니신사에 잠입할 때까지만 해도 2시간이 한계였던 것을 알기에 묻는 것이다.

─대략 6시간 정도?

'뭐가 그리 뜨뜻미지근해? 확실히 말해 봐.'

─몸 된 주인, 나…… 또 구박받기 싫다.

'아! 아! 무슨 말인지 알겠다. 그러니까 또 무리를 시켰다가는 쫓겨날까 봐 시간을 줄여서 말한 거라 이거지?'

사실 2시간에서 6시간으로 세 배나 늘었다는 건 대박 횡재한 거나 진배없다.

'6시간이 지나도 내 몸에 지장이 없겠어?'

–그 정도면 여유가 있을 것 같아.

'이봐, 탈출까지 감안해서 계산해야 해.'

–충분히 견딜 수 있을 거야. 내 분신들이 합류하면 모자랄 일이 없다고.

'아, 집 나간 분신들이 있었지.'

아무튼 대답에 자신감이 철철 넘치는 걸 보면 차크라의 양이 꽤나 여유가 있는 것 같다.

은근히 자리 잡고 있던 불안감이 슬며시 사라졌다.

'좋아, 믿겠다. 시작하자고. 캡슐슈트.'

–오키!

'동시에 고스트 트릭을 부탁해도 될까?'

–멀티플렉싱을 시도해도 여유가 있으니 걱정 마.

캡슐슈트는 자신의 몸은 물론 연결되거나 부착된 소지품이나 물품 등의 투명 상태 유지와 방탄 기능이 있었고, 고스트 트릭은 물체를 투과하는 능력이었다.

순간, 담용의 모습이 '폭!' 하고 사라졌다.

투명 인간이 된 담용은 왔던 길을 되짚어 당당하게 호텔 정문을 향해 걸어갔다.

경계를 선 사내들은 2인 1조로 순번이 짜였는지 번갈아 가며 일정 구획선을 오가고 있었다.

'아직은 소란스럽지 않군.'

담용은 때마침 마주쳐 오는 사내와 부딪치기 직전에 옆으로 슬쩍 비껴서 나아갔다.

사내는 어떤 기척을 느꼈는지 고개를 갸웃하더니 몸을 한 바퀴 빙글 돌리며 주변을 빠르게 훑었다.

'호오! 제법 예민한 녀석일세.'

"어이, 왜 그래?"

조원의 이상한 행동에 제자리를 지키고 있던 동료가 물었다.

양어깨를 추켜올리는 것으로 별일 아니라는 제스처를 해 보인 사내가 가던 길을 계속 걸어갔다.

담용은 자동으로 회전하고 있는 출입문을 이용해 로비에 들어섰다.

들어서자마자 대번 눈에 들어온 것은 족히 10m 높이는 될 법한 황금빛 대형 크리스마스트리였다.

'호텔은 어디나 다 비슷한 구조로군.'

일류 호텔답게 돈으로 처바른 태가 역력한 로비는 밤이 깊었음에도 생각외로 붐비고 있었다.

'잠도 없나?'

담용의 눈에 보이는 절반 이상이 백인과 흑인이었다.

'얘들…… 전쟁하는 것 아니었어?'

로비는 전쟁을 앞둔 야쿠자 조직답지 않게 자연스러웠고,

잔잔한 캐롤송이 울려 퍼져 좋은 분위기를 연출하고 있었다.

뭐, 검은 정장의 사내들이 곳곳에 보이긴 했지만 시선에 거슬리지 않는 위치라 위화감 역시 생기지 않았다.

'이제 시작해 볼까?'

담용은 이미 작심했었던지 엘리베이터가 아닌 계단이 있는 곳으로 향했다.

'전리품들이 주르르 몰려 있었으면 좋겠군.'

그런 생각을 하면서 모모의 말을 떠올렸다.

─이케다 쯔네와 그의 직속 코친들은 18층 전체를 숙소로 사용하고 있다는 정보예요. 인원이 정확히 몇 명인지는 알 수 없지만, 대략 열 명 안팎으로 추정돼요. 무엇보다 압권은 이케다가 전 일본 공수도 챔피언이라는 거예요. 사실 냉정하게 따지면 이나가와카이의 행동대장인 이쿠다 하루는 상대가 안 돼요. 호위대장인 겐지와 합세한다면 모를까. 하지만 겐지가 나서는 일은 없어요. 대오야붕인 야마카와 호지 곁을 결코 떠나는 일이 없으니 말이죠.

'어? 이제야 반응이 오는군.'

통제실의 직원들인지 지하로 연결된 계단에서 당황한 몇 명의 사내들이 서둘러 로비로 들어서고 있는 것이 보였다.

그러나 사내들은 호텔 고객들의 눈치를 보느라 애써 태연한 걸음걸이로 밖으로 향했다.

　프라나의 분신들이 호텔 밖에 설치된 감시 카메라부터 먹통을 만든 모양이었다.

　'쿠쿡, 통제실 인원이라야 몇 명 되지 않을 테니 시간은 넉넉하겠어.'

　한정된 인원으로 수십 개의 감시 카메라를 원상태로 돌리려면 오늘 하루 종일로도 모자랄 것이다.

　컨트롤 타워 역시 과부하로 인해 당장은 혼란스러울 것이리라.

　엑설런트 도큐 호텔 18층 객실.

　오늘따라 잠이 오지 않는지 이케다는 몇 번씩이나 몸을 뒤척이다 더 이상 견디지 못하고 침상을 내려왔다.

　이어 벗어 놨던 유카타를 걸친 뒤, 협탁에 놓인 담배 한 개비를 뽑아 물고는 거실로 나왔다.

　이케다의 뒤로 인기척이 나면서 조용히 다가온 부하가 라이터에 불을 댕겨 주었다.

　"오! 코무로, 자네 순번인가?"

　"핫, 오야붕! 조금 전에 교대했습니다. 불을 댕기십시오."

　"담배는 됐어. 그냥 물고만 있을 거니까."

"아!"

"잠은 좀 잤나?"

"핫! 오야붕."

이케다가 야경을 감상하려는지 창가로 다가갔다.

"오야붕, 잠자리가 불편하십니까?"

"잠자리는 괜찮아. 오늘따라 잠이 잘 안 오지 않는군."

기실 오늘 밤은 별다른 이유가 없음에도 유달리 잠을 설치고 있는 중이었다.

꼭 해야 할 일이 없다면 일상의 루틴처럼 평상시에는 늦어도 자정 전에는 잠에 빠져드는 이케다였다.

한데 오랜 습관임에도 오늘 밤은 쉬 잠들지 못하고 있는 것이다.

"데운 사케 한잔 올릴까요?"

절레절레.

"술기운을 빌려 자고 싶지는 않아."

몸을 반쯤 튼 이케다가 다소 떨어져 있는 거실 맞은편의 침실을 턱짓으로 가리켰다.

"야마나카 님은?"

"업무를 보시다가 30분 전에야 침실로 드셨습니다."

끄덕끄덕.

야마나카 세이지는 이번 전쟁을 지휘하는 총책임자로 조직 내의 위치는 샤테이가시라였다.

즉, 대오야붕과 형제 관계를 맺은 자들 중에서 우두머리로서 상담역이나 고문 역할 담당이었다.

반면에 이케다는 와카가시라로 조직의 실질적인 행동대장이었다.

다시 말해 작전을 야마나카가 계획한다면, 전쟁에 나서는 이는 이케다란 뜻이다.

"하마다조는 취침 중인가?"

"하잇!"

"호텔 분위기는 어떤가?"

"크리스마스가 다가와서 그런지 양키들 특유의 밤 문화가 한창입니다."

밤 문화는 연회를 말함이었다.

"그러고 보니 크리스마스도 얼마 남지 않았군그래."

"9일 남았습니다."

"밖은 어떤가?"

"5분 전에 이시노 조장과 연락을 주고받았는데, 조용하다고 합니다."

"한 번쯤은 기습을 단행할 법한데…… 사카이도 시국에 부담을 느끼는 건가?"

야마나카가 모리구치구미의 총책이라면 사카이는 이나가와카이의 총책을 맡고 있는 인물이었다.

"사카이가 바보 같은 행동을 할 리가 없습니다. 시국이 마

치 팽팽하게 당겨진 고무줄 같은 분위기라 지금은 몸을 사려
야 하니까요."

코무로의 말대로 작금의 일본은 모리 수상과 내각이 바짝
날이 선 것은 물론이고 공안위원회와 경시청이 도쿄 전역에
특급비상사태를 발효시킨 상황이었다.

"제 짐작에는 그 누구라도 사고를 치게 된다면 정부에서
본보기로 삼을 겁니다."

"맞아, 야스쿠니신사로 인한 침통한 분위기를 깨는 행위
는 지탄받아 마땅하지. 아, 야마나카 님에게서 무슨 말이 없
었나?"

"예? 무슨……?"

"내가 명상하는 동안 고베에서 연락이 있었느냔 말이다.
철수하라는…….."

"아, 대기하라고만…… 철수하라는 지시 같은 건 없었습
니다."

"흠, 비상사태가 언제 끝날지…… 지루하겠어."

"오야붕, 잠이 안 오시면 여자를 품어 보시면 어떻겠습니
까?"

"전쟁을 끝낼 때까지는 그럴 마음이 없다. 이제 가서 일을
보도록."

"하잇!"

대답과 동시에 절도 있게 머리를 숙여 보인 코무로가 거실

을 지나 출입문으로 향했다.

코무로를 보내고도 이케다는 잡념을 털어 내려는지 한참 동안이나 뒷짐을 진 채, 창밖을 응시했다.

그렇게 묵묵히 시간을 흘려보내던 이케다가 묵은 숨이라도 내뱉듯 한숨을 길게 내쉬었다.

후우—!

'마음이 왜 이리도 심란한지 알 수가 없군.'

어쩐 일인지 계속해서 잡념 역시 쉬 떨쳐지지가 않는다.

눈앞에 펼쳐진 휘황한 야경마저 잡념과 어우러져 마음을 더 어지럽히는 것만 같아 더 서 있기가 힘들었다.

'억지로라도 눈을 붙이든지 아니면 명상이라도 해야겠어.'

잠을 설치다가 밤이라도 새우게 되면 생체리듬이 깨진다.

컨디션을 유지하는 데 지장이 없으려면 명상이라도 해 둬야 했기에 야경을 등지고 돌아섰다.

하지만 이케다는 몇 발자국 걷지도 않아서 걸음을 멈춰야만 했다.

'뭐야? 왜 이리 조용하지?'

마치 세상의 소리란 소리는 죄 갉아먹는 괴물이라도 있는 것 같은 실내의 분위기는 너무도 적막했다.

심지어는 경호를 서고 있어야 할 부하들의 기척은커녕 숨소리조차도 들리지 않았다.

"코······."

코무로를 호출하려던 이케다가 아차 싶었던지 입을 다물고는 잽싸게 기둥 뒤로 몸을 숨겼다.

뭘 느껴서라기보다 본능이 위기를 감지해서였다.

아울러 신경조직을 파고드는 불쾌한 느낌에 모골까지 송연해졌다.

'이 냄새는……?'

아니, 실제로 냄새 같은 건 없다. 그러나 이케다에게는 느껴지고 있었다.

바로 평생토록 친구처럼 익히 맡아 왔던 죽음의 냄새다.

지금 그 죽음의 냄새가 후각에 잡히고 있었다.

'……!'

대리석 기둥만큼이나 딱딱하게 굳은 표정이 된 이케다는 그 즉시 킬러가 등장했음을 눈치챘다.

하지만 어디서 노리는지 감이 잡히지 않아 호흡마저 끊고 미동도 하지 않았다.

그럼에도 부스럭거리는 소음 하나 잡히지 않았다.

'이놈…… 만만치 않다.'

전 일본 공수도 챔피언을 긴장으로 몰아가는 것 자체가 결코 가볍게 여길 만한 킬러가 아님을 인식한 이케다가 이를 악물었다.

위기의식이 저절로 온 전신을 감싸 안았다.

'사카이, 이 비겁한 놈…….'

반감이 독사의 대가리처럼 솟구치고, 살심은 정수리까지 치솟아 올랐다.

그러나 반감, 살심과는 함께 문득 든 생각은 킬러가 어디로 잠입했으며 또 어떻게 부하들을 소리도 없이 잠재웠는가 하는 궁금증이었다.

안팎으로 그 어떤 신호나 연락이 없었으니, 놈이 오래전부터 호텔 내에 잠복해 있었거나 아니면 경호원들이 잽이 안 될 정도로 절대 강자이거나 둘 중 하나일 것이다.

이케다는 후자에 무게를 두었다.

전자는 불가능한 것이 호텔 자체가 모리구치구미의 자산이라 그 직원들 역시 한통속이어서 잠입이 불가능했기에 그렇다.

'아무리 넋을 놓고 있었다고 해도 그렇지…….'

코무로조가 당하는 것도 모르고 있었다니.

한데 부하들이 당하면서 억눌린 신음 소리 한 번 없었다는 건 도무지 이해가 안 간다.

그럴 것이 한 층 전체가 스위트룸인 18층에는 이케다 자신을 비롯해 모두 12명이 머물고 있었다.

고문인 야마나카와 경호원 열 명 그리고 이케다 자신.

현재 시각까지 깨어 있었던 인원은 코무로 조장과 그 조원들 다섯 명과 자신, 합해서 여섯 명이었다.

배치는 복도에 세 명, 즉 복도 끝에 각 한 명씩 출입문에 한 명 그리고 실내 출입문 안에 두 명.

인원도 인원이지만 배치 구조를 보면, 하다못해 쓰러지는 소리라도 나야 정상이었다.

게다가 일반인도 아닌 격투에 특화된 코친들 중에서 정예 요원이라면 더 그랬다.

고로 킬러는 두 명 이상으로 예상이 됐다.

'사카이가 의뢰했다면 노다나 한조일 테고…….'

정보 상인들을 대표하는 두 조직이다.

정보력의 뛰어남은 말할 것도 없고, 밤의 조직 사이에서 발이 넓고 인맥 역시 탄탄한 조직이다.

하지만 노다나 한조는 정보 전문 상인이지 물리력은 가지고 있지 않다.

더욱이 모리구치구미에서도 정보 상인들의 움직임에 촉각을 곤두세우고 있었던 터라 야쿠자들 중에서는 의뢰받은 조직이 없다는 건 이미 알고 있는 상황이었다.

'극진흑룡회, 겐요사(현양사), 로닌카이(낭인회)?'

먼저 떠오르는 건 열도 출신인 세 조직이었고, 나머지는 외부 세력인 도라곤과 카포 그리고 홍콩흑사회였다.

이도 아니라면 뜨내기들밖에 없다.

'아, 정통 교카쿠도 있었군.'

사무라이 후예 출신의 교카쿠(협객) 중 야쿠자로 빠지지 않고 정통을 계승하며 고수하고 있는 자들을 말했다.

하나, 이 정도 수준이라면 뜨내기가 보일 수 있는 능력이 아니어서 확실히 제외다.

이케다의 뇌리로 여섯 조직의 특징이 빠르게 지나갔다.

그래야 대면했을 때, 그에 적절한 대응을 할 수 있다.

이를테면 카포처럼 총기를 전문으로 취급하는 조직이라면 치명상을 피하자마자 시간을 두지 않고 반격할 수 있어야 승산이 있다는 것.

초창기 때와는 많이 변질된 현양사는 각종 암기와 치명적인 극독을 전문으로 하고 있었고, 홍콩흑사회의 수법은 각종 독충을 이용한 암습이었다.

'극진흑룡회는…… 가능성이 없다.'

나름대로 전통 사무라이를 고집하며, 그들이 표방하는 암흑가의 로망이 암살과는 상극이기 때문이었다.

나머지 떨거지들은 비수나 칼 따위라 위협거리가 되지 못했다.

그나저나 은밀하기 짝이 없어 전신의 털이란 털은 모조리 곤두서고 있는 중이었다.

'칙쇼, 안방이라고 해서 너무 안일하게 여겼어.'

뒤늦게 후회가 됐지만 이케다는 자신이 지닌 기감을 있는 대로 확장시켜 킬러의 위치를 찾으려 애썼다.

'없어.'

그 어디에도 기감에 걸리는 게 없었다.

그러나 기감에 걸리는 건 없었지만 신음 비슷한 소리가 들려오는 것은 감지할 수 있었다.

　'신음?'

　청각에 집중해서 신경을 더 곤두세웠다.

　'틀림없다.'

　다만 억지로 쥐어짜 내는 듯한 신음 소리여서 누구인지 쉬 구분이 가지 않았지만 야마나카의 침실인 가운데 방임이 확실했다.

　'대체 언 놈이…….'

　본능적으로 절체절명의 위기임을 감지한 이케다가 하마다조가 숙소로 사용하고 있는 출입문 옆의 침실을 뚫어지게 쳐다보았다.

　이제 믿을 건 하마다조뿐이었기 때문이었다.

　하지만 이들은 지금 깊은 잠에 빠져 있는 상태라 적시에 깨우는 것이 중요했다.

　그런데 방문이 닫혀 있어 절대 쉽지가 않다.

　방문이라지만 방음이 잘되어 있는 탓에 목소리를 내어 소란을 피우는 것은 하책이다.

　놈이 모습을 드러낼 때까지 기다리는 것은 중책, 하마다조를 은밀히 깨울 수만 있다면 그것이 상책이며, 이케다 자신이 선방으로 기습을 할 수 있다면 최상의 방책일 것이다.

　한데 이 네 가지 중 선택할 수 있는 게 없다.

'빌어먹을. 아무거라도 손에 쥐었어야 했어.'

그런데 다급하게 몸을 숨기다 보니 몸에 지닌 게 아무것도 없었다.

속옷만 입고 잠을 설치다가 유카타만 걸치고 잠시 거실로 나온 터라 휴대폰 역시 지닐 생각도 못 했다.

'무기 대용보다는 출입문을 부술 만한 물건이 필요한데……'

그러나 눈을 씻고 찾아봐도 너무도 정리 정돈이 잘된 스위트룸이다 보니 이럴 때는 원망스럽다.

다행인 것은 킬러 놈이 자신을 발견하거나 기척을 느끼지 못했다는 점이었다.

이건 확신할 수 있는 것이, 명상을 오래도록 해 온 자신의 기감을 믿어서였다.

스윽.

기둥과 일체가 되어 옴짝달싹도 못해서는 해결할 수 있는 게 아무것도 없었기에 머리를 내밀어 동정을 살폈다.

찰나, 내심으로 헛바람을 삼킨 이케다가 머리를 내밀 때보다 더 빠르게 원위치를 했다.

'방금 뭐, 뭐, 뭐였지?'

그러니까 정확히 고문인 야마나카가 잠들어 있는 방의 벽체가 뭉그러지면서 불룩 솟는 것을 확실하게 본 것 때문이었다.

'자, 잘못 봤나?'

확실하게 본 것이긴 했지만 상식을 뛰어넘는, 아니 뇌의 인지 부조화로 인해 확신이 순식간에 의심으로 이어지더니 종국에는 착시였다는 결론이 내려졌다.

'이거 안과에 가 봐야 하나?'

결국은 시력 타령까지 이어졌다.

'그럴 리가?'

이케다는 자신의 시력이 결코 나쁘지 않다고 여겨 왔다.

녹내장 같은 안질 따위는 키우지도 않았다.

특별히 갈 일도 없었던 탓에 나이 30세 중반에 이르도록 단 한 번도 가지 않은 안과 병원이었지만, 지금은 가고 싶어졌다.

아직도 뇌는 인지 부조화로 인해 혼란했지만 조금 전의 기이한 장면은 뇌리에서 쉬 가시지 않는다.

'오늘따라 안과에 가 보고 싶군.'

새삼스러운 생각이었지만 무엇보다 급한 건 다시 한번 확인해 보는 것이다.

원래 원인이 해결되지 않으면 걱정도 사라지지 않는 법.

결국 참지 못하고 재차 머리를 내민 이케다의 눈은 곧 곤혹스러운 빛으로 얼룩졌다.

'뭐야? 아무렇지도 않잖아?'

봤던 대로라면 거실 벽면이 뜯겨 나가거나 뻥 뚫려 있어야 했다.

정말 잘못 본 걸까?

극도로 긴장한 나머지 착시가 있었던 걸까?

의문이 들었지만 현실이 버젓하지 않은가?

'아무래도 안과에 가 봐야겠군.'

이케다의 결론은 그렇게 났다.

'응?'

기감을 극도로 확장시켜 놓은 그물에 마침내 뭔가 걸리는 게 느껴졌다.

'거실!'

이제는 미미하긴 하지만 바닥을 딛는 발소리도 잡혔다.

킬러의 긴장이 조금 풀렸다는 증거다.

그런데 그 발걸음이 이케다가 있는 곳으로 점점 다가오고 있었다.

'와랏!'

이케다가 주먹을 정권이 불룩 튀어나오도록 불끈 쥐었고, 감각은 새파랗게 벼려진 칼날처럼 곤추섰다.

하나, 둘, 셋, 넷, 다섯…….

숫자를 세며 서서히 굴기 자세를 취하는 이케다의 눈빛은 각오만큼이나 번들거렸다.

킬러의 모습이 보이고 보이지 않고는 중요하지 않았다.

지금은 오로지 감각만 따라갈 뿐이었다.

'오잇!'

이케다의 뒤꿈치가 살짝 들렸다.

'지금이닷!'

파팟!

그림자 하나가 독수리처럼 날아서 상대를 덮쳐 갔다.

의뢰품은 전부 백치로

계단을 오르는 것이 조금 힘은 들었지만 인적이 없었던 덕에 거치적거리지 않아서 좋았다.

'시간이 넉넉해서 좋군.'

6시간은 마음 졸일 필요가 없는 넉넉한 여유여서 다른 어느 때보다도 맘이 편한 담용이었다.

야스쿠니의 유슈칸에서처럼 2시간마다 몸을 숨길 필요가 없으니 어찌 안 그렇겠는가?

'계단에도 감시 카메라를 설치해 두다니……'

그렇지만 웃음이 절로 나올 정도로 새까맣게 칠해져 있는 게 또렷하게 보였다.

'프라나, 차크라도 아낄 겸 해제할까?'

─권장할 만한 게 못 된다. 만사 불여튼튼.

이제 문자까지 쓰고 난리다.

뭐, 틀린 말이 아니어서 반박을 할 수가 없다.

바꾸어 말하면 그만큼 차크라의 양에 여유가 있다는 뜻이기도 했으니 안심이 된다.

그렇게 오랜만에 나름대로 여유를 부리며 오르다 보니 어느새 18층이란 숫자가 눈에 들어왔다.

'벌써 다 왔군.'

18층을 쉬지 않고 걸어 올라왔음에도 조금도 숨이 가쁘지 않았다.

비상구 표시가 된 문을 열 필요도 없이 '스윽' 박치기라도 하듯이 머리를 들이밀었다. 달랑 머리만 벽을 뚫고 나온 괴이한 상태였지만 투명 인간이라 그 어떤 태도 나지 않았다.

'이거 굳이 투시력을 쓸 일이 없겠는걸.'

적어도 지금은 캡슐슈트의 효용으로 제2의 시력이라고 하는 투시력, 즉 클레어보이언스 수법을 발현시킬 필요를 느끼지 못했다.

'세 명?'

지극히 간단한 복도 구조라 더 살필 것도 없이 야쿠자 사내 셋이서 경계를 서고 있는 것이 보였다.

양쪽 복도 끝에 각기 한 명씩 그리고 엘리베이터를 마주 보고 선 출입문에 한 명, 그렇게 세 명이었다.

양쪽 복도 끝은 비상계단이 있는 곳이라 경계를 세운 것 같았다.

'틀이 제법 잡혔는데?'

얼핏 봐도 견적이 나오는 것이, 모리구찌구미 조직에서도 정예로 보이는 사내들이었다.

감시 카메라부터 살펴보았다.

'어? 그대론데?'

엘리베이터 출구를 마주 보는 것 한 대와 복도 양쪽 끝에 각기 한 대로 도합 세 대였지만 새까맣게 칠해져 있지 않았다.

분신들이 아직 도착하지 않았다는 것이다.

—몸 된 주인, 왔다!

'어? 그래?'

재차 벽체를 뚫고 살펴보니 어느새 감시 카메라의 렌즈가 까맣게 칠해져 있었다.

—몸 된 주인, 18층까지라면 전부 끝났어.

'그럼 분신들 소환해.'

지시를 해 놓고는 양쪽 복도 끝을 번갈아 보던 담용이 다시 프라나에게 의념을 전했다.

'프라나, 분신들의 물리력은 어때?

—물리력은 몸 된 주인과 다를 바가 없어. 하지만 차크라의 소모가 극심해서 지속 시간은 얼마 안 될 거야.

끄덕끄덕.

'아, 아, 이해했다.'

말인즉, 분신이 열 개라면 한꺼번에 열 명 몫의 힘이 소진된다는 뜻이었다.

현재 16개의 분신이 몸을 빠져나간 상태지만 그거야 크게 힘쓰는 일이 아니어서 당장은 영향을 끼칠 일이 없었다.

―몸 된 주인, 32개 이상의 분신은 자제하길 권한다.

'기억해 두지. 그렇지만 그런 일이 발생했을 때는 네가 경고해 줘.'

―프라나는 그거 잘한다.

'나도 알지.'

평소에도 알람 시계처럼 정확하게 알려 주니 인정하지 않을 수가 없다.

'그리고 쟤들 죽이지 말고 푹 잠재우는 걸로 끝내도록 해.'

이케다만 처리하고 나머지 돈도 안 되는 사회악들은 가급적이면 살려 두는 게 낫다는 생각에서다.

―졸레틸을 사용하면 문제없다.

'그러라고 준비한 거야.'

졸레틸은 동물용 강력 마취제다. 낮에 몇 가지를 준비하는 과정에서 동물병원을 지날 때, 거즈와 함께 슬쩍한 것이다.

당연히 돈을 지불한 적은 없었다.

'프라나, 병을 함부로 버리면 안 된다.'

―그건 기본이잖아?

'쩝, 할 말 없네. 근데 이거 몸 된 주인에게 엉기는 발언 아닌가?'

따지고 싶었지만 일이 일인 만큼 참기로 했다.

'소리가 나면 곤란하니까 조용히 잠재워.'

－벌써 잠재웠는데?

'음, 프라나의 이런 버릇은 고쳐야 되겠다.'

지시를 내리기도 전에 먼저 움직이는 게 무지 건방지게 느껴져서다.

그러나 오늘은 더 따지지 않기로 했으니 묻겠다.

'어떻게 했는데?'

－거즈에 졸레틸을 흠뻑 적셔 마취시키고는 마스크를 씌워 놨어.

'흐미, 독한 넘.'

놀란 담용이 의념을 전달했다.

'야! 너무 과다하면 죽을 수도 있다고!'

－그럼 다시 깨울까?

'마! 어떻게 깨우는지 모르잖아?'

답답해하다, 그냥 체념했다.

'에혀, 그냥 냅 둬라.'

죽든 살든 그것도 다 제 놈들 복이지.

'몸을 뒤져서 나오는 소지품들은 죄다 보관해 둬.'

－오케이.

복도로 들어선 담용이 보니 세 명 모두 벽에 기댄 채, 마치 졸듯이 고개를 꺾고 있었다.

　─몸 된 주인, 안에도 잠 안 자고 있는 놈들이 있다.

　'몇 명이나 돼?'

　─세 명.

　'뭐? 더 있을 텐데?'

　─깨어 있는 놈들만 세 명이고 나머지 여섯 명은 꿈나라에 가 있어.

　담용에게는 꿈나라로 간 놈들 중에 이케다가 있다는 소리로 들렸다.

　'세 녀석도 그냥 재워.'

　─그러지.

　고스트 트릭 수법으로 실내에 들어선 담용의 발치에 사내 두 명이 고꾸라져 있는 모습이 들어왔다.

　'엉? 왜 두 명밖에…… 앗!'

　창가 쪽을 쳐다보던 담용이 잠옷을 입은 사내의 뒤태를 확인하고는 얼른 의념을 보냈다.

　'프라나! 그 녀석은 그냥 둬.'

　─알았다.

　정장이 아닌 잠옷을 입고 있는 이라면 필시 이케다 아니면 그에 준하는 간부일 것이 확실했기에 잠을 재우는 것만으로는 부족해서 멈추게 했다.

'방마다 전부 살펴보고 간부다 싶으면 그냥 두고 나머지는 잠재워.'

─그걸 어떻게 판단하는데?

프라나의 사고 영역이 아직 거기까지 미치지 못하나 보다.

'간부들은 대개 방을 하나씩 차지하고 있고 부하들은 떼거리로 몰려서 자거든.'

─간단하네.

'헐, 그런 간단한 것도 몰라서 물었던 놈이 할 말은 아닌 것 같다.'

─몸 된 주인, 가운데 방이 간부인 것 같다. 혼자서 자고 있어.

'거긴 내가 맡을 테니, 나머지는 전부 잠재워라.'

─알았다.

'저런 버릇없는 대답도 영 귀에 거슬린단 말이야. 한번 날을 잡아서 푸닥거리를 해야 하나? 일단 이번 일부터 끝내 놓고 생각해 보자.'

흩어진 분신들이 힘을 쓰는지 차크라가 요동을 쳐 대는 느낌이 고스란히 전해졌다.

방 안에 들어섰다.

들어서자마자 가장 먼저 마주한 것은 코 고는 소리였다.

'한창 곯아떨어졌군.'

하긴 평범한 사람이라면 가장 달콤한 잠에 빠져 있을 시각이었으니 무리도 아니었다.

중늙은이는 100만 촉광에 빛날 만큼 머리가 시원하게 트여 있었다. 하지만 탱탱한 피부로 보아 나이는 기껏해야 50 내외로 보였다.

'잠버릇이 고약하군.'

자세가 꼭 아무렇게나 던져 놓은 마리오네트처럼 사지가 기괴하게 뻗어 있었다.

'프라나, 이놈 얼굴을 기억하고 있다가 내가 원할 때 재현할 수 있겠어?'

─의뢰비 땜에 그러지?

'잘 아네.'

─다 기억했어.

'뭐? 벌써?'

─응, 당장이라도 그릴 수 있을 정도로.

'진짜?'

─에이, 이런 건 껌이지.

'껌이라고? 하, 이거 말을 좀 가리고 순화하는 법을 가르쳐야겠는걸. 이거야 나만 기연을 얻은 줄 알았더니 비례해서 프라나도 장족의 발전을 했구나.'

어쨌든 이게 모두 담용 탓이었다.

'뭐, 어쩔 수 없지.'

프라나의 어휘는 담용 자신이 지닌 생각을 그대로 답습하고 있다고 보면 맞다.

─몸 된 주인, 서두르는 게 좋겠다.

'왜? 시간은 넉넉한 것 같은데?'

─그게 더 불안해서 그래. 처음이잖아?

듣고 보니 충분히 맞는 말 같다.

담용이나 프라나나 경험이 없기는 매한가지라 차크라의 양이 늘어났다고 해서 마구잡이로 써 대는 일은 없어야 했다.

'흠, 이상 징후가 느껴지는 것은 아니지?'

─그런 건 아냐. 다만 천천히 적응하자는 거다.

'그래, 네가 나보다 생각이 깊구나. 알았어, 서두르지 뭐.'

담용은 이미 생각해 둔 바가 있었던 듯, 곯아떨어진 야마나카에게 다가가서는 그 즉시 머리에 손바닥을 댔다.

피곤했던지 야마나카는 코만 약하게 골 뿐 일절 반응이 없다.

'나디.'

울렁.

'이 사람을 백치로 만들 거다. 예전에 해 본 적 있지?'

울렁. 울렁.

나디의 격한 반응은 한일의원연맹의 간사였던 갈성규 의원을 백치로 만들 때를 기억하고 있음을 뜻했다.

'좋아, 수고 좀 해줘. 음…… 뇌 표면 밑에 있는 동맥을 아주 살짝 터뜨려. 죽지 않을 정도로. 알아들었어?'

울렁. 울렁. 울렁.

자신 있다는 듯 격렬하게 반응을 보인 나디가 가는 실타래 한 줄기를 더듬이처럼 뻗어 냈다.

뇌 표면의 동맥이 손상됨으로써 생기는 병을 지주막하출혈이라 한다. 당연히 뇌에 손상이 감은 물론 육체의 운신에도 문제가 생긴다.

담용은 그동안 틈이 나는 대로 뇌출혈이나 뇌경색 또는 뇌졸중에 관한 연구를 해 왔었다.

그럴 것이 자신이 어떤 위기의 상황에 놓였든 혹은 상대가 용서하지 못할 악인이든 사람을 죽인다는 것에 상당한 거부감이 있었기 때문이었다.

그래서 가능한 살인하지는 않되 뇌를 손상시킴으로써 반신불구가 되게 하여 능력을 쓰지 못하거나 반감시키는 것으로 마음먹은 것이다.

지주막하출혈은 담용의 선택이었다.

'너무 심하면 응급처치를 하기도 전에 죽을 수도 있으니……'

울렁.

나디가 임무를 끝냈다는 신호를 보내왔다.

'어? 수고했어.'

"끄으으으……."

곤히 자던 야마나카가 갑자기 미간에 세로 골을 깊게 파더니 괴로운 신음을 토해 냈다.

'이봐, 개인적 원한은 없어.'

사실 누군지도 모른다.

단지 이케다와 함께 있었다는 것만으로 피해를 본 사례다.

즉 모진 놈 옆에 있다가 벼락 맞은 꼴이랄까.

'그래도 미안하다는 소리는 못 해.'

담용은 내심으로 그 말을 남기고는 벽체를 통과해 거실로 나왔다.

'다음은 이케다를 처리할 차례군.'

한데 담용이 거실을 지나 창가로 몇 걸음 걷지도 않았을 때였다.

'엉?'

난데없이 피부를 따끔거리게 할 정도의 진득한 살기가 빛살처럼 빠르게 뻗쳐 오는 것이 아닌가?

살기를 감지했다 싶은 찰나, 몸을 사리지 않는 재빠르고도 우악스러운 공격이 담용을 덮쳐 왔다.

'으헉! 바, 방심했다!'

워낙에 빠른 급습에 캡슐슈트만 믿고 채 준비가 되어 있지 않았던 담용이 뒤늦게야 급히 몸을 비틀었지만 이미 늦어 버렸다.

가가각!

이케다의 열 손가락이 몸을 옆으로 비트는 담용의 가슴을 마치 나무껍질을 뜯어내는 소리를 발하며 할퀴고 지나갔다.

'헛!'

헛바람을 불어 내며 다급하게 뒤로 물러선 담용의 모습이 드러났다.

─몸 된 주인, 차크라가 흩어졌다.

프라나가 현재의 상태를 알려 왔다.

'어? 깨졌다고?'

─응, 지금 모습이 드러났어.

'젠장.'

적지 않은 타격에 차크라도 충격을 받아 일시 흩어진 모양이다.

투명 상태는 물론 방탄 기능까지 겸하는 캡슐슈트를 활성화시킨 상태라 큰 상처는 없었지만, 야행복 앞섶이 너덜너덜해졌다. 아울러 느닷없는 기습은 담용의 가슴을 서늘하게 하기에 충분했다.

'무슨 손가락의 힘이……?'

꼭 무협 영화에나 등장할 법한 조공爪功 같다.

쾅! 퍼석! 와당탕탕!

담용이 물러나는 사이 별안간 집기가 부서지는 소리가 들려 시선을 돌려 보니, 거실에 장식으로 비치되어 있던 도자기가 출입문에 부딪히면서 박살 나는 소음이었다.

이어서 기차 화통 같은 고함이 터져 나왔다.

"웨, 웬 놈이냐!"

'훗, 제법 머리를 쓰는군.'

도자기를 박살 내고 크게 고함을 터뜨리는 것은 우군을 불러들이기 위한 일련의 조치임을 모를 리 없는 담용이었다.

하지만 근접 경호를 하고 있던 코친들이 모두 뻗은 상태라 로비나 호텔 밖의 코친들이 들이닥치려면 시간 여유는 충분했다.

문제는 모모가 건네준 정보대로 이케다의 무술 실력이 결코 만만치 않다는 점이었다. 손가락 공격 한 수만 보더라도 무술의 경지가 어떤지 알 수 있었다.

'쩝. 순수한 실력으로는 꽤 오래 걸리겠는걸.'

캡슐슈트에 너무 의지하는 통에 방심한 건 그렇다치고 이케다의 무술은 진짜였다.

"뭐야? 어린놈이잖아?"

대번 깔보는 어투에 담용의 표정이 일그러졌다.

캡슐슈트가 깨짐으로써 20대 초중반으로 보이는 담용의 얼굴이 그대로 드러났기 때문이었다.

'젠장 할, 어린놈이라니!'

그런 말을 들을 정도로 어리지 않다는 것은 담용이 더 잘 알았지만, 근자의 기연으로 인해 얼굴 모습이 더 젊어졌다는 것까지는 인지하지 못하고 있었다.

하지만 담용 자신만 변한 모습을 알지 못했지 이케다의 눈에는 갓 20대나 되었을까 한 청년으로 보이는 건 맞았다.

'기껏해야 대여섯 살 차이밖에 안 나겠구만.'

이케다의 나이가 서른 중반쯤이었으니 맞는 말이었지만 지금의 상황은 한가하게 그런 걸 따질 만큼 호락호락하지 않았다.

"애송이 놈! 여기가 어디라고 기어들어 와! 목을 내놔라!"

상대가 앳된 청년인 것이 의외라 여길 만큼 한가하지 않았던 이케다가 곧바로 다가들면서 소리쳤다.

일단 제압부터 해 놓고 따져 보자는 식이었다.

척. 처척. 차착. 착. 착.

'응?'

지그재그로 접근하는 재빠르고도 기이한 보법에 잠시 눈이 쏠린 틈을 타고 어느새 '츄악!' 하고 허공을 찢으며 갈겨 오는 이케다의 발 찍기 공격에 움찔한 담용이 얼른 상체를 비틀었다.

우웅.

'웃! 빠, 빠르다.'

간발의 차로 직격탄을 면한 담용이었지만 그 후폭풍까지는 피할 수 없었다.

부우우욱!

다급히 피한다고는 했지만 이미 어깻죽지가 휩쓸리면서 옷자락이 발기발기 찢어졌다.

동시에 어깨에 불에 덴 듯 화끈한 느낌이 전해졌다.

'윽! 빌어먹을.'

전 일본 공수도 챔피언이라더니 그 말이 헛말이 아님이 또 한 번 증명됐다.

쿠웅!

트르르르…… 쩌억. 쩌어억.

공격에 실패한 발 찍기에 의해 대리석 바닥이 움푹 파이면서 거미줄처럼 금이 갔다.

'제법이군.'

다행히 스쳤기에 망정이지 제대로 맞았다면 어깨가 남아나지 않았을 것이다.

파팍!

담용을 지나치면서 살짝 기우뚱했던 이케다가 부서진 바닥을 박찼다.

'헉! 뭔 순발력이?'

이케다와의 거리가 너무 가까웠던 탓에 담용도 잽을 날리듯 춉chop을 날렸다.

이케다의 순발력이라면 뒤돌아서자마자 그 우악스러운 손에 멱살을 잡힐 수 있어서였다.

즉 방어를 겸한 공격이었다.

츄팟!

전광석화처럼 내뻗은 이케다의 오른쪽 어깨에서 피의 파편이 튀었다.

가드 포스(강기)가 더해진 춥 공격에 이케다의 육편은 한낱 종잇장에 불과했다.

하지만 생채기 정도에 불과했는지 기회다 싶었던 담용의 이어진 앞차기 공격에 그 즉시 앞구르기로 그 자리를 피한 이케다가 두서너 발자국 물러나더니 다시 전의를 불태웠다.

오른쪽 어깨가 금세 피로 물들었지만 아랑곳하지 않은 이케다가 자세를 취한다 싶은 순간, '차아앗!' 하는 기합성과 동시에 바닥을 박찼다.

몸을 내던지듯 몸통 박치기를 시도해 왔지만 담용은 어느새 사라지고 없었다.

휘청.

'엉?'

상대가 사라진 자리엔 충격 대신 빈 허공이 이케다의 몸을 잡아끌었다.

"타핫!"

이케다의 순발력은 기우뚱하는 방향으로 다시 한번 바닥을 박찼다.

파팟!

공중제비의 묘기를 발휘한 이케다가 바닥에 착지하더니 굳건하게 자리를 잡았다.

이어 빙글 돌았지만 그 어디에도 상대가 보이지 않아 번득이는 눈초리가 살벌하게 휘돌았지만 놓치고 만 것이다.

'헛!'

이케다의 표정에 일시 당황하는 빛이 나타났다가 더 빠른 속도로 사라졌다.

'그 잠깐 사이에 눈앞에서 사라지다니.'

휙! 휙! 휙!

왼발을 축으로 방향을 수시로 바꾸면서 상대를 찾아봤지만 허사였다.

'빠가야로!'

이맛살을 잔뜩 찌푸린 이케다가 기감을 극도로 발휘해 상대의 기척을 감지하려 애썼다.

동시에 슬금슬금 뒷걸음질을 쳤다.

방향은 출입문이었다.

이를 지켜보고 있던 담용이 중얼거렸다.

'대단한 녀석일세.'

작달막하지만 탄탄한 체구에다 빈틈없는 자세 하나만으로도 공수도를 간단없이 수련해 왔음을 그대로 보여 주고 있었다.

강한 상대를 대하자, 아드레날린이 펌핑되면서 승부욕이 치솟았다.

조금씩 빨라지는 심장박동에 이어 손끝이 살짝 저려 오는 느낌까지 전해졌다.

모지락스럽게도 펌핑을 해 대는 심장은 마치 뭘 꾸물거리고 있느냐며 재촉을 하는 것만 같았다.

담용 역시 간단없이 수련해 왔던 특공무술로 상대해 보고 싶은 마음이 굴뚝같았지만, 목표가 뚜렷한 것이 발목을 잡았다.

'시간이 아쉽군.'

담용이 무술의 달인은 아니지만 차크라의 기운을 적절히 사용한다면 서로가 좋은 대련 상대가 될 것 같았다.

여태 제대로 된 상대를 만나지 못했던 담용은 슬며시 욕심이 났지만 잠입해 들어온 목적을 잊지 않았다.

즉 적지에 와 있는 담용으로서는 얼른 끝내고 돌아가는 것만이 최선이었다.

'쩝, 내가 잘하는 걸로 승부를 보는 걸로 하지 뭐.'

이케다가 무술의 달인이라면 담용도 자신의 주특기인 사이킥 파워로 상대하면 되었다.

'프라나, 곧 놈의 부하들이 들이닥칠 테니 여유를 부릴 새가 없다.'

─당장 졸레틸을 쓰기는 어려워.

'왜?'

─지금 상대가 기감을 극도로 발휘한 상태라 접근하기 쉽지 않아서 그래. 행여 공기 파동으로 감지할까 싶어 나도 지금 숨죽이고 있는 중이거든.

말인즉, 상대의 탁월한 기감이 일을 어렵게 만들고 있다는 얘기다.

'아, 이해했다.'

이케다의 시선을 끌어 정신을 분산시켜 주면 그 틈을 타서 졸레틸을 사용하겠다는 것이다.

'그래, 프라나라고 해서 다 만능이겠어?'

담용은 그 즉시 까치발을 하고 거실 모서리로 가서는 비치된 철제 장식품을 손에 쥐었다.

파리 에펠탑 모형을 한 철제 미니어쳐여서 묵직했지만 담용의 손에 닿는 순간, 사라졌다.

이는 차크라에 의해 발현된 캡슐슈트가 전이되면 손에 닿는 그 어떤 물체든 투명화되기에 가능한 것이었다.

이케다의 기색을 보니 에펠탑 장식품이 사라진 것도 모르는 표정인 듯했다.

아마도 담용을 찾느라 극도로 긴장해 신경을 쓰고 있는 탓이리라.

─몸 된 주인, 신호를 줘.

'됐다. 내가 처리하지.'

'지' 자가 끝나는 찰나, 에펠탑 미니어쳐가 담용의 손을 힘차게 떠나 이케다에게로 향했다.

휘이익─!

묵직한 무게였지만 담용의 힘도 여간 아니어서 그 속도는 엄청났다.

방향은 이케다의 우측 사각이 진 옆구리 쪽이었다.

스위트룸이라 거실이 좁은 편은 아니라지만 담용이나 이

케다나 마음만 먹으면 촌각지간밖에 되지 않는 거리였다.

당연히 철제 에펠탑 모형은 순식간에 이케다를 덮쳤다.

"헛!"

눈에 띄지도 않던 물체가 난데없이 날아드는 것에 헛바람을 내뿜었지만, 이케다는 침착하게 두 손을 갈고리같이 오므리더니 철제 에펠탑 모형을 확 잡아챘다.

꽈드득!

쿵쾅!

손아귀의 힘이 얼마나 드셌던지 철제 에펠탑 모형이 움푹 파이더니 곧장 벽에 처박히며 찌그러졌다.

그러나 때를 같이하여 이케다의 눈앞에 담용이 불쑥 나타났다.

"허엇!"

눈이 퉁방울처럼 튀어나온 이케다의 눈앞이 어둠으로 뒤덮였다. 담용의 주먹이 시야를 가려 버린 탓이었다.

뻐억!

둔탁하면서도 맑은 타격음이 들리는 찰나, 담용의 미간이 살짝 찌푸려졌다.

주먹에 닿는 감각이 생각보다 약했던 것이다.

본능이라 할 수밖에 없는 회피 동작에 담용이 이채를 띠었지만 이미 선기를 잡은 상태였다.

'어쭈!'

퍽! 퍽!

두 번의 짧은 연타.

'엉?'

이번에도 그 짧은 틈새에서 임기응변을 부려 미끄러지듯 뒤로 물러나는 이케다였다.

'순발력 하나는 압권이로세.'

그러나 뒤로 물러나는 것과 전진하는 것에는 상당한 시간 차가 있었다.

빠각!

이번에는 제법 묵직한 감각이 왔다.

뼈가 함몰되는 듯한 타격음이 들리면서 이케다의 신형이 뒤로 주르르 밀렸다.

"크아아악!"

발작처럼 내지르는 비명을 따라 담용의 신형도 따라서 미끄러졌다.

퍽! 퍼억! 퍽! 퍼억! 퍽! 퍼억! 퍽!

담용의 연타에 속절없이 얻어맞는 이케다는 쓰러질 새도 없이 흐느적댔다.

그렇게 수십여 차례 연타가 지속됐다.

이케다의 맷집은 상당했다.

하나, 상체는 벌겋게 물들어 너덜너덜해졌고, 이목구비는 제 모습을 찾기 힘들 정도였다.

부들부들.

태풍 앞에 선 갈대 같은 두 다리는 쉴 새 없이 후들거렸고, 입가로는 진한 선혈이 흘러내렸다.

풀썩!

결국 더 버티지 못하고 무릎을 꿇었다.

"커컥!"

호흡을 할 수가 없었던지 목을 움켜쥐는 이케다의 동공이 순식간에 벌겋게 물들었다.

눈동자는 마치 지진이라도 난 것처럼 희번덕거렸다.

"끄윽. *끄끄끄*…… *끄으으윽!*"

그것도 잠시, 갑자기 목을 움켜쥔 이케다가 괴로운 신음을 내뱉기 시작하는 것이 아닌가?

"카학! 커헉! 커컥!"

마치 식도에 이물이 걸린 사람처럼 숨을 제대로 내쉬지 못하고 컥컥대기만 하는 이케다의 갑작스러운 모습에 담용은 혀를 찼다.

"쯧!"

'저러다 죽고 말지.'

퍽!

"켁!"

시커먼 핏덩이가 튀어나왔다.

철퍼덕!

앞으로 고꾸라진 이케다는 그제야 기침을 멈췄다.

호흡도 편안해졌는지 기복이 일정했다.

-남은 졸레틸을 다 퍼 부을까?

'흐미, 무서븐 넘.'

이케다의 모습은 그 짧은 시각에 성한 곳이 하나도 없는 피투성이가 되어 있었다.

그 모습을 보고도 졸레틸을 운운하는 프라나가 섬뜩한 담용이다. 아울러 프라나의 지금 모습이 내 모습인가 하는 생각마저 들었다.

'그럴 필요는 없겠다.'

마약으로도 분류되고 있는 마취제라 과다할 경우 생명까지 앗아 갈 수 있었다.

모리구치구미의 간부라면 목숨을 앗더라도 죄의식을 느낄 필요가 없다는 게 담용의 지론이었다.

이놈들이 곧 과거의 낭인이었고, 낭인이었던 놈들이 과거 조선으로 넘어와 분탕을 치고, 강점기 시절에는 온갖 행패를 부려 댔으니 담용은 추호도 용서할 마음이 없었다.

그러나 목숨을 앗는 것은 어딘지 모르게 꺼림칙해서 삼가는 편이었다.

'그냥 백치로 만들자고.'

-그게 더 잔인한 거 아닌가?

'마! 개똥밭에 굴러도 이승이 더 낫다는 말도 있어. 뭐, 죽

을 수도 있긴 하지. 운이 좋아서 살아남는다면 그것도 네놈들 복일 테고.'

꿈틀꿈틀.

하여튼 질긴 놈이다. 그렇게 얻어터지고도 정신력은 살아 몸이 반응하고 있었다.

하긴 뭐, 잔펀치 세례가 누적된 것일 뿐이니까.

"컥! 케엑! 켁······."

들썩들썩.

급기야 입에서 허연 거품이 부글부글 솟는다 싶더니 몸을 들썩댔다.

─몸 된 주인, 코친들이 몰려오고 있다는 연락이다.

'엉? 어떻게 알았어?'

─로비에 분신 하나를 남겨 놨었거든. 지금 놈들 등에 타고 같이 오고 있어.

'호오, 이제 그 정도는 알아서 한다 이거네.'

─서둘러야겠다.

'그러지.'

담용은 고통과 마취에 정신을 못 차리고 있는 이케다에게 다가가 뒤통수에 손바닥을 갖다 댔다.

'나디, 의뢰품은 전부 백치로 만들어.'

울렁!

나디에게서 촉수 같은 게 뻗어 나와 이케다의 뇌로 주입되는 것이 느껴졌다.

'몽타주는 그려 놨어?'

울렁. 울렁.

기특한 녀석.

프라나가 나디 같은 성격이었으면 얼마나 좋을까.

'이제 돌아가자.'

–모, 몸 된 주인.

'응?'

–조심해라.

이게 뜬금없이 뭔 소리래?

미끄덩!

움직이지 않고 가만히 있었음에도 담용의 몸이 휘청했다.

그러나 몸을 가눌 여가도 없이 별안간 바닥의 마찰계수가
제로로 변했는지 쭈욱 미끄러졌다.

"어어어어……."

손을 휘저으며 막춤을 몇 번 추던 담용이 그대로 바닥에
엉덩방아를 찧었다.

쿠당탕.

–거봐, 조심하랬지?

다음 권으로 이어집니다

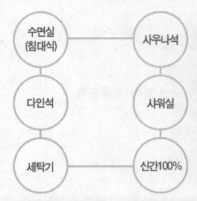

다보多寶 신무협 장편소설

피도 눈물도 없는 낭인
천하제일 남궁세가 가주가 되다!

반백의 인생을 무림맹의 개 같은 낭인으로 살다
가족을 잃던 흉변의 그 순간으로 회귀한다

"뭐, 일단 가주가 될 수 있을지 증명부터 하라고?"

모용의 자객, 제갈의 간자, 화산의 위협……
어느 하나 만만한 상대가 없다
하지만 이번에는 절대 도망치지 않는다!

내 가족이 흘린 단 한 방울의 피도 잊지 않겠다
하나씩 되갚아 주마!

퍼펙트 라이프

진유호 현대 판타지 장편소설

완벽하게 망가졌던 이 남자, 완벽해져 돌아왔다?
꼴찌 가장 진동수, 인생의 행복을 붙잡아라!

실패한 사업가, 무능한 사원, 가족들에게 무시받는 가장,
그리고…… 담도암 말기
오열하는 모습까지 SNS에 퍼져 전 국민의 비웃음거리가 되고
실패로 점철된 인생이 나락으로 치달은 그 순간,
벼락 한 방에 모든 게 뒤바뀌었다!

사라진 암세포, 강철 체력, 명석해진 두뇌
밑바닥 인생 진동수에게 남은 일은 이제 성공뿐!
그런데 이 능력……
혼자만 잘 먹고 잘 살라는 건 아닌 것 같다?
눈앞의 붉은 선을 따라가면 위험에 빠진 사람들이!

나의 행복도, 남의 안전도 놓치지 않는다!
화랑천 울보남의 국민 영웅 등극기!